徒步入藏

——1951年随军进藏纪实

高 平 著

当代中国出版社
Contemporary China Publishing House
2019年·北京

图书在版编目(CIP)数据

徒步入藏：1951年随军进藏纪实 / 高平著. -- 北京：当代中国出版社, 2017. 5（2019. 8重印）
ISBN 978-7-5154-0776-0

Ⅰ. ①徒… Ⅱ. ①高… Ⅲ. ①纪实文学—中国—当代 Ⅳ. ①I25

中国版本图书馆CIP数据核字(2017)第064167号

出 版 人　曹宏举
策划编辑　隋　聃
责任编辑　隋　聃
责任校对　康　莹
封面设计　胡椒设计
内文排版　信宏博
出版发行　当代中国出版社
地　　址　北京市地安门西大街旌勇里8号
网　　址　http://www.ddzg.net　邮箱：ddzgcbs@sina.com
邮政编码　100009
编 辑 部　(010)66572264　66572154　66572132　66572180
市 场 部　(010)66572281　66572161　66572157　83221785
印　　刷　北京润田金辉印刷有限公司
开　　本　880毫米×1230毫米　1/32
印　　张　6.25印张　8插页　插图26幅　150千字
版　　次　2017年5月第1版
印　　次　2019年8月第2次印刷
定　　价　30.00元

1950年5月进藏先遣队在甘孜，领导队员克服粮荒

藏族人民用牛皮船协助运输进藏物资

进藏骑兵

驻藏部队开荒生产

藏族运输模范曲梅巴珍

高平策马进藏

高平（左）与赵骞在西藏

高平在西藏拉孜

向西藏进军

高平在成都

涉过激流

乘牛皮船渡江

涉过冰河

札曲河边拥军图

在先遣团驻地讨论创作

在洛隆宗郎多土司家（最高者是高平）

渡过金沙江

人民解放军进入拉萨

高平（左）与新华社摄影家袁克忠在拉萨

高平（右）与徐怀中

高平（右）与陈明义将军

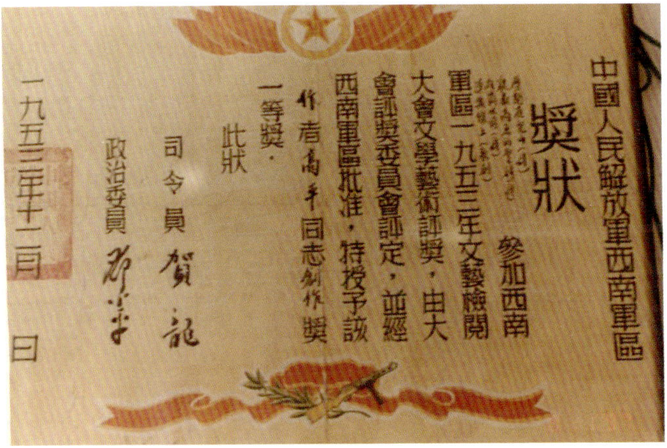

高平西南军区奖状

高平的革命军人证明书

高平解放西南纪念章

高平二等功奖章

高平解放西藏纪念章

题　记

我这一生，值得记忆的东西太多，值得写下来的也不少，进军西藏是其中之一。

西藏对于我的生活道路、对于我的文学事业，影响十分深刻。我同西藏可谓缘分不浅。

我把我的将近八年的青春年华全部献给了西藏，直到1958年被迫离开。

之后，由于我同西藏的缘分未尽，又于1975年、1981年、1985年三次回到西藏，又去了拉萨、林芝、那曲、浪嘎子、江孜、日喀则、萨迦、贡噶、泽当、琼结等地，累计又在那里生活了五个多月。

我第一次进藏，是在1951年的春天。转眼之间，过去了一个多甲子。

那时去西藏，是要全靠步行的。最好的交通工具就是马匹了。

六千里有冰雪也有烈日、有悬崖也有野花的往返路程，是在豪迈与死神之间由我的双脚和马蹄交替着丈量过来的。

当我决定来写那次步行入藏的经历时，心中充满了荣誉感、沧桑感和对于战友与藏民的怀念，同时也又引起了我的一些难以言说的回忆，好在可以不必在本书中涉及。虽然我的全部日记已经毁于“文革”浩劫，庆幸的是我的作为创作素材的进藏笔记，得以保留了下来，不然会造成写作中的很大困难。

难忘的东西总还沉淀于记忆的深处，需要时便可打捞。

目录
CONTENTS

第一章　从二郎山到雀儿山

第二章　从金沙江到怒江

第三章　从先遣团到先遣连

第四章　从拉孜到拉萨

第一章

从二郎山到雀儿山

一、到西藏去

进军西藏，毛泽东从“不能操之过急”到“宜早不宜迟”——彭德怀认为从由西北“入藏准备需要两年”，任务改交西南局——刘、邓一致选定了十八军——官兵思想大转弯——昌都解放以后等待和谈——派我去十八军体验生活——过成都

早在全国大陆还未完全解放、新中国还未成立以前，中共中央就已经认真考虑解放西藏的问题了。人所共知，西藏自古以来就是中国不可分割的一部分。全中国的解放绝对不能不包括西藏。但当时并没有急于采取行动。1949 年 2 月 4 日，毛泽东在河北省平山县西柏坡村接见苏共中央政治局委员米高扬时，曾谈到对解放西藏的想法，认为西藏的问题虽然也不难解决，但不能操之过急，不能过于鲁莽。因为一来交通困难，大军行动不便，二来民族与宗教情况复杂，要解决需要时间。

但是形势很快发生了严重变化，西藏统治集团在外国侵略势力的鼓动与协助下,加紧搞起了一系列妄图“独立”的活动。1949 年 7 月 8 日，西藏发生了“第二次驱汉事件”，西藏地方政府继撤走西藏驻南京办事处之后，要求国民政府蒙藏委员会驻藏全体人员和所有汉人离开拉萨，一周以后，由藏军“护送”

到了印度，转回内地。西藏当局的目的十分明显，就是要断绝与祖国的关系，阻挠解放军进藏，进而谋求西藏的独立。

中共中央不能不立即把西藏的解放提上议事日程。1949年8月6日，毛泽东在给中国人民解放军副司令员兼第一野战军司令员彭德怀的电报中指示，在解放兰州的同时“十分注意保护并尊重班禅及甘青境内的西藏人，以为解决西藏问题的准备”。10月底前，彭德怀指挥作战的大西北已经全部解放，解放西南的战役还在激烈地进行，所以毛泽东在11月23日的电报中告知彭德怀，应由西北局担负进军西藏的任务。

彭德怀接到毛泽东的电报以后，立即派野战军政治部联络部部长范明对由青海、新疆入藏的路线进行调查。12月30日，彭德怀根据范明的调查结果，上报毛泽东：由于要解决物资供应和道路交通的困难，“完成入藏准备需要两年”。此时的毛泽东正在苏联访问，收到彭德怀的电报以后，于1950年1月2日从莫斯科发电报给中共中央并转邓小平、刘伯承和贺龙。当时，西南行政区包括云（云南）、贵（贵州）、川（四川）、康（西康）、藏（西藏）五个省区。在党的组织上是中共中央西南局，邓小平任第一书记，刘伯承任第二书记，贺龙任第三书记；在行政上，刘伯承是西南军政委员会主席；在军事上，贺龙是西南军区司令员，邓小平是政治委员。毛泽东在电报中说“由青海及新疆向西藏进军，既有很大困难，则向西藏进军及经营西藏的任务应确定由西南局担负”，“由西康入藏”。并且发出了“进军西藏宜早不宜迟”的指示。刘、邓、贺立即接受了这一任务。

其实，自古以来，内地与西藏的往来交通就有西北和西南两条路径。唐代的文成公主就是从青海入藏的；五世及十三世达赖喇嘛都是从青海去北京的；乾隆年间福康安率领大军进藏反击廓尔喀的入侵，也是从青海进去的。现在流亡国外的第十四世达赖喇嘛在被确认为灵童后，也是马步芳派遣马元海师长率领一个营的兵力由青海护送到拉萨的。清代历任驻藏大臣和中华民国政府的代表则惯于从四川入藏，清朝末年赵尔丰搞“改土归流”和钟颖率川军进驻拉萨，都是从西南进去的。

这两条路我都走过多次。从西北进藏地势比较平坦，但平均海拔较高，一路高寒，人烟稀少；从西南进藏道路比较艰险，但在重重的横断山脉之间，有些地方海拔较低，常有农家。从当时的情况看，西北在物资支持方面显然不及西南。总之，两条路线，各有利弊，各有难易。

毛泽东原来是准备派三个军去完成解放西藏的任务的。后来得知西藏地方政府只拥有 12 个代本[①]的兵力，每个代本虽然相当于团的编制，但最多者不过 500 人，有战斗力的总共只有 6000 兵马。所以改变为“一个充足的军……即已够用”。并许诺“入藏军队可定为三年一换，以励士气”。

解放西藏是大陆全部解放的最后一战，而且地理环境、民族习俗、宗教信仰都与内地有很大不同，必然有许多特殊的困

---

① 参见王尧、陈庆英主编：《西藏历史文化词典》，西藏人民出版社 浙江人民出版社 1998 年 6 月第 1 版，第 61 页。

代本：旧又译作“戴绷”或“代奔”。清代西藏地方政府军职名，四品官阶，相当于团长。乾隆五十七年（1792），清廷出兵西藏勘平廓尔喀（今尼泊尔）入侵之后，始仿八旗军队的建制，设立正规藏军，额定兵弁 3000 名，编为四个玛噶（即军营），前后藏各驻兵 1000 名，江孜、定日各分驻 500 名。设代本 6 名，每一代本率兵 500 名，管理兵丁，统辖指挥作战、驻防及训练事宜，沿为定制。出缺例由驻藏大臣会同达赖喇嘛在贵族出身的官员中拣选担任。其薪俸标准为：由地方政府赐给一个庄园，称为“代谿”，即代本的薪俸庄园，庄园内土地、农奴、房屋归在职代本占有，另有年薪藏银 900 两，后增到 9000 两（20 两相当一个大洋）。民国 2 年（1913）以后藏军扩大，代本及其以下各军官数目也随之增加。

代本：指西藏地方武装建制。

难。任务光荣、艰巨，又非同小可。

究竟派遣哪个军进藏，是要慎重考虑的。

刘、邓、贺及张际春副政委、李达参谋长等首长进行了反复的研究。有两个方案：一个是从各个兵团抽调三个师出来，组成一支新的军，但这需要时间，且不利于统一指挥；一个是按原建制派遣一个军。刘伯承和邓小平不约而同地想到的是十八军，最后决定由十八军担负进藏任务。

十八军原是晋冀鲁豫军区第一纵队，后来归属于第二野战军第五兵团。这个军的军长张国华、政委谭冠三、副军长昌炳桂、参谋长陈明义以及五十二师的政委刘振国、五十三师的师长金绍山等都是参加过长征的干部，在开辟豫皖苏解放区和淮海战役中屡立战功，军政素质较高，作风英勇顽强。刘、邓、贺即于1950年1月7日联名签署，直接给十八军发去电报，要军、师以上主要领导立刻到重庆领受新的任务，部队改地集结待命。

在此之前，以1949年12月31日成都入城式的举行为标志，四川已全部解放。西南军政委员会将全省划分为东西南北四个行署，并且任命了主要领导职位。胡耀邦任川北行署主任，李井泉任川西行署主任，阎红彦任川东行署主任，川南行署的主任正是十八军的军长张国华，政委谭冠三被任命为自贡市的市委书记。

此时，十八军军部已经为转去地方工作的领导们开过了践行会，吃过了告别饭，他们正在踏上履行新任的路途。所有干部战士征战了多年，一直把个人问题甚至生死置之度外，现在终于有机会考虑一下自己的事情了——有的应当找对象结婚了，有的要回家照顾父母了，有的要去从事新的职业了。

十八军接到刘、邓、贺的电报以后，感到非常意外，这支部队虽然长期属于刘邓大军，但刘邓从未越级给他们电报，都是要经过兵团下达的，此次的做法使他们预感到定有大事发生。

十八军的指战员听到上级紧急电召军领导去重庆开会的消息以后，在下面纷纷猜测会有什么新的任务——有的猜测可能去云南剿灭国民党的残余部队，有的猜测可能去西康接换起义部队的驻防，还有的猜测要去驻守成都，甚至有的猜测可能去做首都北京的警备师，就是没有人想到会进军西藏。大概都以为进藏的事应当由在西北的第一野战军去完成吧。

张国华一行奉命赶到了重庆，刘伯承在交给他们去完成解放西藏的任务时一连用了三个“非常”，说“这次是交给你们一个非常重要、非常艰巨、非常光荣的任务”。为了保证这个“非常任务”的完成，随后就电告第五兵团，十八军脱离五兵团建制，直属野战军司令部指挥。

十八军在领受任务之后，首先面临的是全军思想的大转弯。大家已经开始在天府之国“安家”了，忽然要改变原来设想的一切，打消个人的一切念头，告别山清水秀的川南，进入雪山重重的边疆。为了祖国的统一大业，他们要放弃的东西很多很多，要面对的艰难很大很大。但是对于这支具有革命光荣传统的部队来说，服从命令、顾全大局、迎难而上、英勇献身，都是不难做到的。何况毛主席还许诺“三年一换”，为了解放西藏，宁愿将个人问题的解决再推迟三年。许多转业干部又从地方回到了部队，许多青年学生前来报名参军，迅速掀起了准备进藏的热潮。

1950 年 3 月 27 日，军部在乐山五通桥举行了进军西藏的誓师大会。誓词说："我们是人民战士，是坚强的国防哨兵，光荣地受领了解放西藏、建设西藏、把帝国主义侵略势力驱出国境、保卫祖国边防、保卫世界持久和平的伟大任务，我们有决心、有勇气、有把握为保证其圆满实现而战斗！"这篇具有特殊历史价值的誓词，还在第二条中特别说到："严守三大纪律八项注意，认真执行少数民族政策，真正做到纪律严明、秋毫无犯。与藏族同胞亲密团结起来，共同建设西藏。"

3 月 29 日，进藏先遣部队自乐山出发，由五十二师率先进藏，一五四团担任先遣。

部队从抢渡金沙江开始进行了 20 多次小的战斗，于 1950 年 10 月 6 日打响了昌都战役。北线右路部队千里大迂回，配合主攻部队，歼灭了藏军主力。24 日，昌都战役胜利结束，打开了和平解放西藏的大门。

先遣部队将残余藏军追击到洛隆宗、硕板多以西以后便停了下来，先遣连驻扎在瓦合大雪山以西的拉孜原地待命。等待西藏代表团与中央代表团的和谈结果。

我是 1949 年 8 月在北平参军的，先是在第一野战军政治部战斗剧社文学队，进入山西、陕西以后，跟随贺龙率领的十八兵团由宝鸡进军四川，解放了成都。1950 年下半年剧社到重庆，与第二野战军政治部文工团合并，成为西南军区政治部战斗文工团，我是创作室的研究生。创作室不但有我们战斗剧社文学队的原班人马，又增加了由二野过来的搞文学创作的徐怀中、王云、顾工等人，还将搞音乐创作的罗宗贤、蒋学谱、王千、黄庆和等也编了进来。主任由我们原文学队的队长严寄洲（他后来成了著名的电影导演）担任，阵容可以说相当强大。

1951 年 3 月，文工团接到上级命令，由创作室的副主任陈野民带领赵骞（他们二位是从二野过来的）和我，去十八军进藏部队中体验生活，任务是创作反映进军西藏这一伟大事件的剧本。（后来知道，这是贺龙司令员的指示。）出发以前，西南军区政治部文化部特意为我们召开了座谈会，会上，陈斐琴部长、蔡国铭副部长和我团的董小吾副团长、魏风副政委都讲了话，诸如解放西藏的意义，执行政策的问题，反映进藏部队的业绩等都谈到了。

我们是部队的文学创作人员，更懂得生活是创作的源泉，当然要下部队去获取创作的素材和灵感，为此，勇于到最基层和最边远、最艰苦、最危险的地方去。我们认为，能够领受到这样重要的任务，能够有机会去那个令人向往的神秘的地区，而且是在建立英雄业绩的历史时刻，是十分可贵的机会，简直可以说是百载难逢，颇感幸运。

这在现在的某些人看来，大概是可怕的。我们也许会被称为“傻帽儿”。因为那时进藏，条件比现在远差着十万八千里，既无飞机，也无汽车，雪山无路，大河无桥，全靠两条腿步行。加之气候酷寒，空气稀薄，缺粮少柴，人迹罕有。其艰难的程度，如陈明义司令员后来所说：“不亚于红军长征。”他们会提出一大堆困难和不能前去的理由，诸如什么父母病老啦、孩子还小啦、身体不好啦、对象难找啦、为啥非叫我去啦……，但我们那时没有半点畏惧、没有丝毫犹豫、没有任何牵挂、没有任何意见，有的只是自豪感与新鲜感。

我们一行三人于 3 月 16 日从西南军区政治部战斗文工团的所在地重庆浮图关出发，坐的是军用卡车，第一天跑到永川，第二天住到内江，第三天才到达成都。当时还没有成渝铁路，重庆与成都之间的公路等级也较低，汽车一般都要跑三天。

仅在一年零三个多月以前，我参加了解放成都的入城式，并且在成都军管会工作了一段时间。我对成都的芙蓉翠竹、夜雨柔声、茶酒小吃、川剧清音，怀有非常美好的印象。我非常喜欢成都，她富有天府之国的俊美、巴山蜀水的灵秀、抒情婉转的语言、温柔泼辣的性格。她还有很好的人缘中的文缘，司马相如、卓文君、诸葛亮、杜甫、元稹、薛涛、韦庄、陆游、杨慎等以及当代的郭沫若、巴金、艾芜、沙汀、李劼人等以及我的许多文朋诗友都在此印着深深的足迹。

在以后的数十年中，记不清我一共出进过、住宿过成都多少次，大约有 20 次左右了吧。正如每一种花都有它特殊的香味，每一座城市也有它特殊的气味。我对成都的气味是太熟悉了，我曾想：如果把我的眼睛蒙起来，用降落伞把我空投到成都，问我是在什么地方，我也会做出绝无差错的回答。

但是这次因为有赶赴西藏的军令在身，我们要尽快赶到十八军最前方的部队去，不能在成都流连，只在成都住了一宿，第二天就去了新津。

这一年的这个月，我还不满 19 周岁。

二、在新津

近两周的紧张学习——在农家的插曲，日记留下了隐患——墨绿的雅安

新津县城坐落在纵横的河流之间，记得至少坐了两三次渡船才到达了那里。在等船的渡口，常有卖熟鸡蛋的农妇，有的还把蛋壳染红，价格是1万元（合现在的1元）可以买20多个。

从3月19日到4月2日，我们先后住过新津城外的纯阳观和农民家，与十八军政治部的同志一起进行了紧张的学习，这是入藏以前的必要准备，类似一种强化训练。主要是学习民族政策、宗教政策、入藏纪律、西藏的历史与现状、西藏地方政府的动态、还学了一点常用藏语。军宣传部部长夏川和江涛等同志经常给我们提供资料，谈论创作。记得《十三世达赖喇嘛遗嘱》的全文，我就是从夏川那里抄下来的。从这篇遗嘱中，我了解了十三世达赖喇嘛土登嘉措对“侵略的英国军队”是坚决反抗的，还曾经到北京“去请求皇帝援助击退英军”，在北京他受到了慈禧太后和光绪皇帝的亲切接待和隆重礼遇。但当时的清廷已经十分虚弱，未能派兵赴藏，使他感到失望，回到拉萨以后，政治上对祖国有了疏远。他还表示说赤色汉人是西藏的最大威胁。后来知道，他的这篇文章并不是什么遗嘱，

而是他在圆寂的前一年（1931 年）写给僧俗大众的公开复信，被收在拉萨刻印的五卷本的《第十三世达赖喇嘛文集》中，篇名《灵丹妙药·透明洞察·人天甘露》。这篇文字对于了解和佐证西藏近代的历史及其与中央政府的关系，尤其是西藏上层的政治态度，具有一定的参考价值。十三世达赖喇嘛除了概括地讲述了自己的经历以外，他所表达的最主要的心愿就是维护住西藏的现行制度。据我后来多年的亲眼所见，这是一种当今世界已经稀有的怪异而残酷的制度。总体来说，它属于封建社会，但它是政教合一的，神权统治占绝对优势，保留了相当多的奴隶制残余，还带有半殖民地色彩。

住在新津农民家中时，发生过一件不大不小的事，虽然与进藏无关，只是个题外的插曲，因为留给我的印象很深，而且影响到了我后来的政治命运，所以不能不记述在这里。

一天，我看见一个被称作地主的老妇被农民用麻绳吊在梁上，已是奄奄一息。当她的目光同我的目光相对时，那眼神显然在向我诉说什么。作为一名过路的军人，我不宜干预人家地方上的事，但我认为这种私设公堂的做法是不对的，对一个老年妇女进行如此严重的体罚是不应该的。它会损害共产党政权的形象。早在 1940 年，毛泽东就在《论政策》一文中写过：“对任何犯人，应坚决废止肉刑”，何况她不是犯人。出于对党的事业的爱护，当晚我写日记时，对这件事写下了措辞严厉的批评。谁知到了 1955 年，在“肃反”运动中，对我当时所在的西藏军区文工团进行突击式“保密检查”时，搜走了我的全部日记，经运动积极分子查阅，我在新津写的对这件事的评语被认定是地道的“立场错误”。但在当时并无人向我指出，只是由有关领导记在什么暗账上或心底里。又谁知到了 1958 年，西藏军区反对右倾、补划右派时，才将此事作为对我的揭发材料，在政治部群众大会上端了出来。令我甚感意外，且恍然有悟。

现在看来，我不认为自己有错，也不认为揭批者不对，因为大家都是按“毛主席的教导”去想、去说、去做的。我的依据是：政策和策略是党的生命；他们的依据则是：革命不是请客吃饭。我的依据是：不准虐待俘虏；他们的依据则是：对敌人的仁慈就是对人民的残忍。我的依据是：严重的问题在于教育农民；他们的依据则是：打击贫农便是打击革命。等等。当然，在“宁左勿右”“左比右好”“左是方法问题，右是立场问题”十分通行的年代，失败绝对是属于我的。

4 月 3 日，我们随十八军军部的部分同志一起到达了雅安。

雅安是西康省的首府。西康于 1928 年建省，1955 年撤销后，将金沙江以西的地区划归西藏，将金沙江以东的地区划归四川。雅安是进藏的必经之地。当时的中共西康省委书记兼省主席是廖志高，他是有名的解放前川东、重庆地下党的负责人。

第一次见到雅安，给我的感觉非常美好，全城被墨绿的山峦包围着，笼罩在蒙蒙细雨中，颇有几分诗情画意。街面繁荣、道路繁忙、人员繁多，十分热闹。我们在公路边的一家小店里住了一夜，第二天冒雨西行，向二郎山进发。

三、翻越二郎山

滥池子的确很“烂”——猴群抢劫运输汽车——二郎山顶是阴阳界——一首歌引发出来的三个误会

4 月 4 日，我们由雅安来到二郎山下的滥池子。这个原先只有几十户人家和店铺的小镇，变得热闹起来，简直成了进藏的第一跳板。将要上山的汽车，刚刚下山的汽车，都要在这里停留。因为此地林木茂盛，阴湿多雨，地面又没有沥青，哪里经得住各种车辆的轮子碾压，各种牲畜的蹄子踩踏，各种行人的鞋子捣揉。这个西进的门户，翻越二郎山的必经之地，成了一片烂泥潭。怪不得人们把它改叫烂池子呢。

我们在滥池子作了一天的准备，第二天（4 月 6 日）清晨在细雨中乘坐蒙了帆布篷的汽车缓慢地盘上二郎山。

公路确实很窄，弯道与回头线不少，加之泥泞打滑，只得慢速行驶。由于山的南侧气候阴湿，林木格外茂密，豢养了许多飞禽走兽。听汽车驾驶员讲，不久以前有一辆运输牙膏的汽车，夜里在山上抛锚了，被一大群猴子包围起来，猴子们跳上车去，把一个个箱子撕开，又把每一管牙膏都咬上一口，因为觉得不好吃，扔得满山都是。驾驶员躲在驾驶室里，眼睁睁地看着这场闹剧直到演完，也不敢出来。

路边有一处从悬崖洞穴前喷洒下来的瀑布，人们都叫它“水帘洞”，的确很像。我们停下车，争着去钻那水帘，水很凉，大家惊叫着、欢跳着，真有些像顽皮的猴子了。

到达山顶以后，天空豁然晴朗，山的北半部树木很少，路面干燥，可以说是盆地气候与高原气候的分界。一路下去，轮下荡起的不是泥水，而是尘土了。

我们知道，并且向下瞭望着，山脚下就是向往已久的大渡河和河上的泸定桥。我们的脚印即将与红军长征的脚印重叠。

自从解放军进藏以来，二郎山忽然间出了名，正像张继的诗使寒山寺出了名、苏轼的诗使西子湖出了名、王维的诗使阳关出了名……，二郎山的出名是由于《歌唱二郎山》这首歌的传唱。这个现象一方面说明机遇之难测与重要，另一方面也证实了文学艺术具有不可替代的影响力。

说到二郎山和这首歌，我发现内地的人们普遍存在着三个误会。

第一个误会是，认为它是西藏的一座最大的、至少也是了不起的大山。其实，它的位置是在过去的西康、现在的四川境内，从来远在西藏之外，它西去拉萨的距离是 1568 公里（1 公里 =1 千米，为尊重历史和表述真实性，不予更改，下同），相比之下，雅安乃至成都则近在咫尺了。论高度，二郎山的尖顶才海拔 3200 米，在雪线以下，山上没有积雪，和甘孜的街道一般高。它其实是川藏公路所经过的 15 座大山中最低的一座。只不过人们从川西盆地一下子碰到一座拔地而起的山，在感觉上，对比有些过于强烈罢了。

第二个误会是，认为它原本没有任何公路，而且修通此山艰难空前。其实二郎山上原来是有公路的。早在决定进军西藏的开始，就制定了多项重大的准备计划，其中之一是要在1950年5月以前修复康青公路。结果是在那年8月的25日全线修复的，9月初，第一批汽车通过了二郎山。

康青公路是从雅安经过甘孜到达青海省玉树的公路。它是国民党政府在抗日期间的1940年修筑的，曾经在人员和经费方面付出了沉重的代价。因为十分简陋，据说修成以后只勉强走过一辆汽车。你可以说它是一条根本提不起来的公路，但它毕竟是有的。论二郎山修路之艰难也不及西藏其他地区，因为一来气候并不太冷；二来不是新辟，而是修复；三来离后方很近，各种物资的供应比较好办。但也不是说并不艰苦。修复从雅安到玉隆一段公路（包括二郎山在内）的领导机关是工兵司令部，业务则归雅安工程处。参加修路的有四个工兵团及一六二团一部，还有大批的技工。困难当然也不小，同在中原、平原地区修路不能相比。尤其对于部队，可以说是老战士碰到了新问题。他们在以往精通的是投弹、射击、拼刺刀、爆破四大技术，修公路远不是长项。特别是二郎山的一半出名的多雨，也有着“天无三日晴”的说法。战士们不能不在雨中作业，衣服上满是泥水，他们自嘲说穿的是清一色的“泥子军装”。为了解决担任进藏先遣任务的兄弟部队的供应问题，战士们都知道抢时间的重要，真正是达到了废寝忘食的程度，对于这种情形，有的人总结为“五不听”：吹哨子让休息不听，吹哨子叫开饭不听，受了伤叫下去不听，见了大石头不叫争不听，下大雨喊收工不听。战士们修路的积极性由此可见一斑。

第三个误会：认为《歌唱二郎山》是音乐创作人员长期深入生活的结果。实际情况是，我们战斗文工团派了部分编演人员去筑路部队采访、演出。大家怀着激动的心情创作了一批新节目，同时要歌唱二郎山的筑路战士，但是来不及作曲，最快的办法是找一首现成的曲子来填词。有的同志原是二野文工团的，曾经参加过坚持大别山的斗争，回忆起时乐蒙当时作过的一首叫作《歌唱大别山》的歌，旋律是河南味的，又好听又顺口，于是交给祝一明（笔名洛水）按原曲填词，改题为《歌唱二郎山》。

《歌唱二郎山》最初由我团的男高音孙蘸白演唱。筑路战士们大多数来自豫皖，对旋律倍感亲切，反应热烈。这首歌即由此传开。作曲家时乐蒙既没有到过二郎山，也不知道用了他的曲子。这一事实，既证明了音乐具有高度的抽象性，也反驳了在生活与创作的关系方面的机械唯物论观点。譬如大家熟知的《三大纪律八项注意歌》，它的曲子并不是哪位作曲家到红军部队体验生活之后写出来的，而是套用了袁世凯新军的《大帅练兵歌》，而这首练兵歌却源于普鲁士军歌的曲调。

四、从泸定到康定

走上大渡河铁索桥——陈瑞盘潜水捞汽车——两位帅的桥头题字——康定古称打箭炉，流传有诸葛亮与羌族划界的故事——我拿上了顶膛子儿的卡宾枪顶着下巴睡觉——走火以后至今后怕

1951 年 4 月 6 日，我们到达了泸定。

泸定县城的确是地势险要的门户之城，锁钥之城。是西去藏区的必经之地，咽喉之路。

它位于大渡河东岸，夹于两山之间，山峰高而陡，河水深而疾，舟船极难行驶，泅渡是更不可能的事。若干年来，就靠了一座铁索吊桥连接东西的交通，它就是有名的泸定桥。

泸定桥建于 18 世纪初，全长 101 公尺（1 公尺 =1 米，为尊重历史和表述真实性，不予更改，下同），共享了 13 根粗大的铁索，9 根做了桥底。很粗很长的铁索悬在空中，重量极大，所以形成了一道两头高中间低的几近于半圆形的弧线。上面横铺着许多块木板作为桥面。我走上桥去，亲身感受了从空中跨越大渡河的感觉。吊桥的灵敏度都是极高的，人一走，它就随着人体的移动做出不同的反映，或抖动、或颤悠、或摇摆，弄得你踉踉跄跄、东倒西歪，如果对它不了解，行走没经验，脚下无功夫，是会很不好过的。但是绝没有生命危险，因为桥面

有两公尺多宽，两边有铁索护栏，是不可能跌到河里去的。

我抬起头来，放眼西望，透过高入云霄的层层叠叠的横断山脉想象西藏的模样，想象我们将要用双脚一步步去走的艰难路程。此刻，我们思想中没有一丝一毫的犯难和畏惧，有的只是去完成祖国统一大业的壮志与豪情，再就是对于那片广大的从未涉足的国土的神秘感及好奇心。

我低下头去，从桥板的缝隙中俯视身下的滔滔激流，不由得想起当年红军的身影，虽然已经过去了若干年月，尽管已随河水滚滚流去，但是人们的记忆和历史的记载却再也不会消失。

为了支援进藏，在修复康青公路的同时，要架设沿线的八座便桥，它们在 1950 年 8 月 25 日全部通车，大渡河桥就是其中的一座，它架在铁索桥北面不太远的地方，桥上横额的四个大字“大渡河桥”是当时的西南军政委员会主席刘伯承题写的。桥头两旁还有朱德总司令亲手撰写的对联，上联是：万里长征犹忆泸关险，下联是：三军远戍严防帝国侵。字体苍劲，对仗工整。我一看就牢牢地记住了。

在泸定，我听说几个月前在大渡河上这里出现了一位进藏英雄，他的名字叫陈瑞盘。9 个月后，即 1952 年 1 月 12 日，我在他所在的汽车十六团的驻地采访他时，才详细了解了他的事迹：

1950 年以前的大渡河上没有公路桥，铁索桥是不能过汽车的，汽车只能由大木船来摆渡。有一回，有三部汽车因为摆放时失去重心，翻入河中。当时，陈瑞盘正在康定担任抢运任务，由于他会开大吊车，汽车团的领导调他来参加打捞工作，救出落水的汽车。陈瑞盘提出要下河潜水，摸到车后把钢绳拴到保险杠上。领导说他水性不好，河水又是融化的雪水汇成的，刺骨的冰冷，为了爱护他的身体，不让他下水。他一夜没睡，考虑了一个可行的方案，第二天终于得到了领导的同意。他在下水以前，把身上仅有的奖章、钢笔和照片掏出来，交给汽车团的政治部主任，若无其事地说："我要下水啦，这些东西带着不方便，请首长给拿着。"后来知道，他是准备牺牲的，他承认自己的意图是以此作为他永久的党费。由于他事先察看了沉车的准确位置，一下水就直奔车头，不料用力过猛，头卡进了保险杠，好不容易把头缩回来，跳回到船上。他又坚持第二次潜水，终于把钢绳拴在了保险杠上。当他拉着钢绳浮出水面时，岸上响起了一片掌声。在他的带动与示范下，三部汽车都被打捞了出来。大渡河上爆发出的欢呼声压倒了浪涛的轰鸣。

过了大渡河，汽车顺着傍山沿溪线曲折上行，直奔康定。

康定城是在1950年3月解放的。当年11月24日在康定成立了西康省藏族自治区（后改为西康省藏族自治州），它的辖区西至金沙江，东至二郎山，南接云南，北连青海，西北部靠四川，暂时以原西康省的省界为界。面积有16万平方公里，与山西省大小差不多。人口为518000，人口密度每平方公里才32人。其中藏族占4/5，再就是汉、彝、回等民族了。据统计，全区共有藏传佛教寺庙486座，驻有喇嘛54086人，平均不到10个人就有一个喇嘛。

到达康定已近黄昏。大名鼎鼎的康定城坐落在群峰环抱之间，依山傍河而建，地势奇特，分外险要。它古称打箭炉，这里还真有一个流传了多年的关于箭的故事。我们抬头仰望山峰，上面矗立着一根粗大的杆子，（没能到它的跟前察看，估计是铁铸的）据说，三国时期诸葛亮为了安定后方，与西边的羌人划分各不相扰的边界，诸葛亮在邛崃对羌人们说：我向西射上一箭，箭落的地方就是边界。结果一箭射出了几百里，落在了康定的山上。这个传说又是一个把诸葛亮造神似妖的例子。我在听这个传说的当时就想，如果真有此事的话，也是他对少数民族的一次愚弄，他肯定在事先已经派人把箭竿子插到康定的山上去了。其实，在藏语中，这里的地名原本同打箭炉、同诸葛亮一概没有什么关系。它的藏语名称是打折多，因为“多”是两河交汇的意思，在这里交汇的两条河是打曲和折曲（“曲”是藏语中的“河”）。至于以后真的有什么人在这里设过炉打过箭，我就不知道了。

康定城的背后有一座大山叫格达山，攀上去才知道是一个非常宽大的平坝子，完全可以在上面跑马，这就是那首非常流传的《康定情歌》中所唱的“跑马溜溜的山”了。在后来的年月里，我有一次途经康定城时，曾经到山上去参加过节日的盛会，看到了五彩缤纷的歌舞和万众欢腾的景象。康定是一个汉藏杂居的城镇，也是汉藏通商的要道，又是民族团结的象征。有人把《康定情歌》说成是藏族民歌，我看是一种误解，无论就歌词来说，还是就曲调来说，它都是汉族民歌。因为藏族的姓氏和汉族的姓氏完全不同，是绝对没有什么“张家溜溜的大哥”“李家溜溜的大姐”的。

天黑以后，我们在城中号好了房子，从停车场向街里走去。由于我个子高、卡宾枪短，我有了一个不好的习惯动作，爱手提着枪扣着扳机走路。在康定街上，我又身背背包，手提卡宾枪，甩开两臂，潇洒地前行。忽然右手食指一用劲儿，“啪”的一声，走了火儿啦。好在枪口朝下，但也差一点打着了迎面而来的三位行人的脚。把那三位老乡吓了一大跳，他们十分惊慌地问我：“同志，你怎么啦？”我只得故作镇静地说：“没有你们的事，快走吧。”他们如同获释一般，匆匆走脱。这件事使我得了一个教训，那就是从别人的手中接过枪支以后，必须检查一下里面是否上有顶膛子儿。因为刚才我去看房时，曾经把枪交给一位随军书店的人代管。卡宾枪是半自动武器，打过一枪以后会自动顶上第二颗子弹，我数了一下，子弹并未减少，可知代管人并未打枪。不知他是什么时候、什么原因将子弹上了膛的。但我也不能怀疑人家故意害我。不过我越想越后怕，固然怕的是差一点打着老乡的脚，更使我什么时候想起来都会不寒而栗是另一个情景中的动作：我在收回枪来以后，因为去城里号房子跑得太累了，就坐在背包上休息，想抓紧时间打个盹儿，为了支撑身子，就用手捂着枪口顶在下巴下面，卡宾枪枪身的高度正合适。但是在那种地方坐着入睡是不舒服的，我就颠来倒去的变换姿势，枪口顶着下巴的位置却始终未变，那枪托也就被我在地面上墩来墩去，一旦墩走了火，子弹会端端正正地从我的下巴向上直穿头顶，我必死无疑。当时我并不知道枪里有着顶膛子儿，否则我是绝对不敢玩这种冒险游戏的。好在那颗正对着我的脑袋的子弹在几十分钟里始终安分守己，命中注定我不会夭折。

我之所以使用“命中注定”一词，是因为母亲曾经告诉我说，我在出生前后就从死亡边缘上退回过两次。一次是母亲怀着我时，到北平协和医院去作产前检查，一位外国大夫断言，胎儿已经死在腹中，需要钩出来。协和是有名的大医院，又是权威的洋医生，按说他的诊断结论是不容置疑的。母亲说：“我明明感觉着孩子还在肚子里动嘛，怎能说死了呢？”她没有答应做那个手术。第二次是在我两岁左右的时候,因为腹泻不止，医药无效，身体日渐虚弱，竟至“死亡”了。她把我包起来，到地里去掩埋。作为母亲，心想自己的儿子就这样去了么？走在路上总想再看几眼。忽然，发现我又有了呼吸。于是把我抱了回来。

从那次走火以后的几个月里，由于惊魂未定，我总是把枪里的第一颗子弹屁股朝前压着。

自那以后的几十年里，我经常庆幸逃脱了那次毫无价值的牺牲，并且一直对那三位无故受惊的老乡深怀歉意。

五、康北道上

可怕的橡皮路——我在折多山上拉京胡——第一次参观藏传佛教寺庙——徐怀中曾在这里“播种爱情”

从康定到甘孜才479公里，我们坐汽车整整走了三天。第一天住塔公寺，第二天住道孚，第三天才到甘孜。因为路况、车况和气候之坏都是极为少见的。

有些路段被称作翻浆路，又叫橡皮路。它的下面是多年的冻土和草木的腐根，特别在天暖时加上阴雨，车轮的滚压使它化成了泥浆，汽车开进去以后就像是钻进了棉花堆中。它越压越软，越陷越深，驾驶员们的感觉就像是陷入了一场很难醒来的噩梦，又感觉是被什么怪兽咬住了双腿，怎么也不得动弹。前去拖它们的车子自己也陷了进去，只好一辆一辆地互相拖。那时的汽车多是缴获的国民党军队的美国造十轮卡，力量很大、自身也重。在这种橡皮路中，从塔公寺到哑口的一段最为厉害，有一个车队一天只前进了100公尺，可谓创造了慢行的世界纪录。为了整治它，工兵团在这里干了足有几个月，因为不但缺少工具，还要到几百公尺以外的冰河里去搬运石头。

我们乘坐的汽车通过橡皮路时还算顺利，没有耽搁太多的时间，只是下来推了几次车。也正是在这些日子里，我才听到并且记住了下面的顺口溜儿：“一去二三里，抛锚四五回，停车六七次，八九十人推。”难怪汽车团的人们一提起橡皮路，就谈虎色变呢。

阳历四月上旬，在康藏地区不但毫无春意，依然是一片严冬的肃杀之气。从康定到甘孜必须翻越的一座大山叫折多，过折多山时，满山都是积雪，天上还飘着雪花。它海拔 4200 公尺，是我们进藏途中翻越的第二座大山。距离康定 50 里，是康定西北方面的天然屏障。由于历史上的少数民族都聚居在康定以西，所以有“过了折多山，才算出了关”之说。又由于到了这里才真正进入了高海拔的地区，所以一般人都认为，过了折多山才算是来到了康藏高原。

车到山顶，驾驶员停车检查刹车，稍事休息，大家也都下车来活动四肢。我见有人带着京胡，便说：“我也会拉，不过现在手指冻僵了。”江涛同志说：“夏练三伏、冬练三九，才能练出功夫。”经他的这么一激，我于是坐在雪地上拉了起来。我相信，在折多山上，这是头一次回荡着具有极强穿透力的京胡的声音。京胡的特殊音色和独有的韵味，是其他任何乐器所无法替代的，在我的一生中它对我的吸引力从未稍减，无论在什么地方，我一听到它的声音就像战士听见了紧急集合号，就会朝它奔去。可惜折多山对于京剧是陌生的，它对我在飞雪中演奏的京胡声并没有发出回响。

途中，我们参观了塔公喇嘛寺。这是我第一次参观藏传佛教寺庙。而在以后的许多年里，我参观过的寺庙就太多了，我看全了藏传佛教格鲁派（俗称黄教）的六大寺院——拉萨的哲蚌寺、色拉寺、噶丹寺，日喀则的扎什伦布寺，青海的塔尔寺和甘肃的拉卜楞寺。此外，还参观过布达拉宫、萨迦寺等。它们在建筑、雕塑、唐卡、酥油花等方面，都有很高的艺术成就；因为宣传的教义是一样的，难免有相同、相似、复制之处。看得多了，也会产生千篇一律之感。

由于在新津学过了藏族的宗教习俗、规矩及进入藏区以后的种种注意事项，包括一切细节我们都认真严格地遵守，譬如，要顺时针行走，要让喇嘛走在前面，指佛像时不能使用单指，不能大声喧哗等等。因而参观进行得十分顺利，受到了寺方的欢迎和称赞。至今我对于弥漫于寺中和藏民家中的酥油味儿，还感到类似家乡气息般的亲切。

在进藏初期，在甘孜道上，我们为示范农牧，为屯垦戍边，创建了少乌、八美、新都桥等农场。提起其中的新都桥农场，我不禁想到我和徐怀中同志终生不渝的友谊和发生在这里的一段难忘的往事——当然，就我第一次经过新都桥时来说，它是后事了。

徐怀中曾经是我在西南军区政治部战斗文工团创作室的同事，后来又曾一起被借调到解放军电影制片厂。他也曾多次到西藏和驻藏部队中体验生活，最初就住在新都桥农场。这个农场是由集体转业的某骑兵部队四连创建的，战士们下了战马，又跨上了“铁牛”。徐怀中也在这里学会了开拖拉机。之后，他依据这段生活写出了著名的长篇小说《我们播种爱情》。在这部小说中，也又打下了我俩之间的友谊的印记。事情是这样的：怀中在小说的结尾，想表达的意思是，由于我们在康藏的荒原上建设了农场，使那里的面貌发生了巨大的变化。正在这时，他读到了我作于 1954 年 11 月的《从夜晚到黎明——关于昌都的组诗》，我在其中的一首叫《候鸟》的诗里，为了反映昌都解放以后的变化，写候鸟飞回昌都上空时竟然不敢降落，以为自己认错了地方。我在诗中写道：

落下来呀，
飞了一夜早已疲倦，
为什么老在
黎明的天空盘旋？

接下来，我写了昌都地面的一系列新的景象：楼房、电线、气象台站、汽车、彩旗和藏民的彩色衣衫。最后我对候鸟说：

这确实就是昌都！
只不过样子有点变。
啊哈，落下来吧，
现在，
你们作为中国天空上的飞鸟，
对这个应该习惯。

怀中认为挺好，正可以借用在小说的最后。我当然十分高兴并感到荣幸。后来，我读到了他的《我们播种爱情》，全书的最后一句就是："大雁，请落下来！落下来吧！"怀中遗憾地告诉我，他原来已经将我的诗句署名摘引在小说《尾声》的题下，出版社的责编认为与全书的体例不合，给删去了。对此，我是无所谓的。我看重的只是我们的友谊和数十年中一段又一段的趣事佳话。

徐怀中同志也同西藏建立了深厚的感情，从拉萨农场到筑路部队都留下了他深深的足迹。他不同于那些猎奇者或一般采访者，他全身心地投入那片世界最高的土地，在寒冷中播种火热的爱情。

往事总是容易惹人感慨丛生的，正如未来会使人感到神秘莫测一样，这二者一前一后组成了整个人生。当我和徐怀中在北京一起飞快地蹬着自行车去购买马连良的戏票时，当我和他在长江的轮船上打扑克赢广柑时，当我和他在西藏的帐篷里讲笑话时，当我和他在电影厂同写剧本时，我丝毫没有想到他后来会成为解放军总政文化部的部长，会当上将军，他也决不会想到我会被打成右派，离开部队。变化太大了，反差太大了。一切都在变，未变的是我们的友谊。现在他是中国作家协会的名誉副主席，我是名誉委员。我们又算是走到了一起。

六、在甘孜

博巴政府遗址——吃不吃酥油是原则问题——新鲜的趣闻

4 月 11 日，我们到达了甘孜。它的海拔是 3200 公尺，同二郎山的山顶同一高度。

甘孜因为是康北的重镇，原有刘文辉麾下的国民党军队一个营驻守，刘文辉宣布西康起义以后，这个营也就撤回了内地。我进藏先遣部队在团长郄晋武、政委杨军的带领下，于 1950 年 4 月 28 日到达甘孜。甘孜和平解放，受到当地各族人民的热烈欢迎。巧合的是他们到甘孜同我们到甘孜以及当年红军到甘孜，都是在 4 月。

甘孜也可以说是一座历史名城了，它的名字已经同红军长征连在了一起。1936 年 4 月，由张国焘、朱德、刘伯承等率领的红军进入甘孜。5 月 1 日，帮助当地群众成立了“博巴依特瓦”。西藏古称吐蕃，“蕃”此处读如“博”，即藏族；“巴”，是藏语的“人”；“依特瓦”是政府的意思。连起来就是藏族人民政府。在甘孜召开了有 16 个县约七百人出席的博巴第一次代表大会，公举多德为政府主席，白利寺的格达活佛和孔萨土司为副主席。这是藏族历史上的第一个民主政权组织，虽然如流星一般短暂，它的闪光却永远定格在甘孜的天空。

我们在甘孜停留了两天，一来因为从此再向西去没有了公路，要开始步行了，即开始靠“11号汽车”（群众对靠两条腿步行的戏称）了，需要做些物资方面的准备，二来要进行必要的参观访问，看一些必要看的材料。

我们参观了博巴政府的遗址，它是一座矗立在山下坡地上的高大建筑，但是除了三面残破的土墙，其他都已荡然无存，只能供人凭吊了。那些枯黄而稀疏的乱草中，定然还留有朱总司令的脚印；那几扇门窗上，曾经晃动着刘伯承元帅高大的身影；那山顶的残雪，也凝冻过张国焘站在十字路口的深长的叹息。短短的15年，中国大地发生了怎样的变化！

为了适应高原生活、保持充沛体力，进藏部队在管理方面有这样一条规定，即必须能吃酥油。酥油是藏族人用牦牛的奶汁制作的一种奶油，是拌糌粑、打奶茶、炸油果、献布施、添灯油、做雕塑必不可少的用品。它的那种鲜嫩的黄色，微甜的浓香、柔软的形体，融进了大自然的气息，揉进了一个古老民族的情怀。吃了它，可以产生很大的热量，而且能够滋润皮肤，在阳光格外明亮、紫外线特别强的高寒地区，尤其需要常吃、多吃。我在甘孜时，部队的做法是，每天晚上熄灯以前，由炊事班熬上一大锅“胡辣汤”，配料是面粉、酥油、辣椒、花生米和食盐，每人必须喝一碗。有相当多的战士很不习惯酥油的气味，总想逃避这种特殊的晚餐。这当然是不能允许的。因为它是部队领导做出的硬性规定，这项措施意义重大，已经被提到了能不能胜利完成解放西藏的任务以及对藏族同胞有没有感情的原则性高度。

奇怪的是，对于酥油，我可以说是一吃钟情，也许是出于爱屋及乌的原因吧，它的气味里充满了西藏的气息，使我感到特别亲切。直到若干年后，我定居在兰州，甘南的藏族朋友知道我的这个爱好，还经常捎些给我享用。

在甘孜，我在美滋滋地品味这种高原营养品的时候，经常看到有些战士一手端着搪瓷缸子，一手捏住鼻子硬往下喝。有的干脆用棉花塞住鼻子去喝。因为这支进藏的主力部队来自豫皖苏，他们自小生长在汉族农业区，又由于生活贫困，极少能够和牛羊肉打交道。酥油又是土法制成的，比起西方国家精制的黄油来，牛油味儿要强烈得多。他们喝不惯、吃不消是可以理解的。但他们毕竟是可爱的，是能够"一切行动听指挥"的，无论如何也是要克服困难喝下去的。

在甘孜城区的短短两天里，我们听先头部队的同志讲了许多情况，其中也不乏趣闻。

趣闻一：藏民问我们是谁家的队伍，我们说是当年的红军又回来了。他们不信，说当年的红军他们见过，穿得破破烂烂，武器也简陋得很，有的战士还拿着大刀长矛，完全不是你们现在的样子。我们就从头讲八年抗战和三年解放战争的事，他们竟完全不知道15年中内地发生了天翻地覆的变化。

趣闻二：当汽车刚刚开到时，藏民们不知道它是何物，就给它起了个名字，叫作"铁牦牛"，问司机"它一天吃多少草？"

趣闻三：由于当时当地没有公共厕所，指战员们只得入乡随俗，也常在露天野地僻静处解手。每当解手时，就有藏族小男孩拼命往跟前跑，企图瞧见什么。开始大家很奇怪，有啥好看的？后来才知道，由于我军纪律严明，迄未发生男女关系之事，群众中就流传开了一种说法，说是解放军没有阳具。大人们不好来证实，于是才派男孩儿们担任这项侦察任务。

七、在白利土司家做客

“守土司民”，土司制度由来已久——年轻的白利土司——迎接贵宾的阵势——我对风干牛肉如对酥油，头一回吃就觉得味美——我看到了农奴制度缩影——洛登土司的刺人目光

解放军进藏初期，甘孜出现了一位为和平解放西藏竭诚奔走并且献出了宝贵生命的著名人士，他就是白利寺的格达活佛。我们在到达甘孜的第二天，就专程去参拜格达生前驻锡的白利寺。白利寺在甘孜以西约三十华里，我们是乘坐一辆中吉普去的。在进入寺院以前，先去拜访了白利土司。

远在元朝时期，皇帝就把各个少数民族部落，改为由各个土司来划地统治。（土司一词，并不是藏语的译音，而是汉语“守土司民”的简称。）还曾分别封为宣抚使或宣慰使。他们的名号和权力都是世袭的。到了明、清两朝，又先后废除了土司制度，收回了他们的印玺，改为有固定品级的流官，发给薪俸，这就意味着剥夺了他们的某些世袭贵族的特权，由一方土皇帝变成了一般政府官员。这就是历史上有名的“改土归流”。正如任何触动权力的改革都必然遭到维护既得利益者的反抗，清朝末年在川边实施的改土归流，引发了政府军与土司之间的战

争。民国以后，改为州、郡、县制，还派过汉官。但是，直到解放初期，在西康、青海、甘肃一带虽然名义上废除了土司制度，实际上原有土司的一切特权和世袭制度，并没有多大的改变。土司的统治可以说是根深蒂固的。“汉官如流水，土司如石头。”正是这种状况的写照。

在康北的甘孜、德格一带，土司同寺庙的关系有各种类型：有的是土司有自己的家庙，有的是土司的辖区与寺院的教区完全一致，有的是土司的实权掌握在寺庙中，也有的是土司直接掌管寺院的。当时我们参观的甘孜白利寺，大概属于最后的一种，我想，尤其在该寺的格达活佛圆寂之后是如此，不然不会安排我们先登白利土司之门。

白利土司名叫洛登，才 20 岁。他是白利乡的最高统治者。拥有私人枪支 20 支，有事时可以在辖区内调集 500 支枪。他粗识藏文。对政府的态度是“服从”。以上这个简单情况是我从一份社会调查材料中看来的。

4 月 12 日上午，我们驱车来到了白利土司的庄园。

由于事先向他们通报了我们要去的消息。庄园门前的大道打扫得十分干净，而且洒过了水。庄园所属的男女群众都穿着鲜艳整洁的衣裳，恭立在大道两旁。当我们一行走过时，都极力弯下腰去，抬眼凝望，吐出舌头，表示敬畏。这些都是迎接高贵人物的隆重礼仪。我知道，洛登土司所迎接的并不只是我们几个人，他明白我们这几个人的象征意义，他这样做的目的是告诉人们，他欢迎这支即将解放全中国的强大的军队，他服从刚刚成立不到一年的中央人民政府。

洛登土司把我们迎进客厅，寒暄一番之后，便举行盛大午宴招待我们。所有的人都坐在厚厚的垫子上，面前是一溜矮桌。

摆满了青稞酒、酥油茶、炸油果、糌粑、曲拉（奶渣）、风干牛肉……。这种风干牛肉我是头一回吃到，是把生牛肉割成条，挂起来在阴凉处晾干的，可以说保持了原汁原味，口感是香甜酥脆。有人听说是吃生肉，总觉得不够文明，其实，生鱼片不是美味食品么？我对它如对酥油，第一次吃就觉得不错。这大概也是我和西藏的一种缘分。

席间，男女“娃子”（农奴身份的仆人）们不停地伺候着，我从他们那种诚惶诚恐的神情中，从那种殷勤自卑的举动中，看到了农奴制度的缩影，也看到了他们在这种制度下被异化了的人格、被扭曲了的心灵。土司和他的家人，把他们看得如此低贱，不是呵斥命令，就是不屑一顾。对此，我很不习惯，看不过去。我不愿像土司那样对待他们，将自己列为贵族的同伙。我从参军的第一天起，就知道并且亲身体会到，将军和士兵在人格上是完全平等的，大家只是分工不同而已。受了这种观念的驱使，出于自然的感情，同时也有意地想让他们看到解放军是怎样的人、是怎样看待他们的，当一个家奴来给我添茶时，我欠了欠身，并对他说了声“土结其”（藏语：谢谢）。我知道，这种做法只能用于平级之间，上对下是绝不称谢还礼的。几乎就在同时，洛登土司的目光和我的目光触电般地相遇了，我永远忘不了他那时的目光，几十年过去了，那种目光还是那样刺人。他射出的是大惊失色：你，一位来自西南军区的军官，一位有身份的贵宾，怎么能对下等人讲究礼貌？他，一个草芥般的娃子，配么？他射出的是指责和埋怨：你，竟然当着我的面这样抬举奴隶，岂不是给我难堪么？他们会拿你们同我作对比，会把你们当成大慈大悲的活菩萨，而把我看作是可怕的怒目金刚。他射出的是愤怒和仇恨：你，如此不讲交情，我把你当作最尊贵的客人和最要好的朋友来款待，你却去亲近他们，简直不可思议！……我还记得，他在射来这种复杂目光的同时，嗓子里似乎哼了一声，嘴角也似乎动了一动，显然是忍不住想说什么而终于忍住没说。这位土司虽然年轻，虽然对他颇感意外和不以为然的事立刻形之于色，但也毕竟有些分寸。而我，那时比他还小一岁呢。

从洛登土司的宅院往北，大约走了二里多路，过了一座小铁索桥，就是白利寺了。这里地势低洼，北面有山峦阻挡冷风，南面有平原艳阳普照，正是春光早至的角落。寺院的红墙外，桥头的垂柳已经在轻摇它的嫩绿了。

现在，寺中已经没有了活佛，由一位名叫莱赖的铁棒喇嘛和一位名叫嘎措鲁的管家主持一切事务。从他们的口中，从寺内的实物中，从其他的材料中，我们比较详细的知道了格达活佛的事迹。

八、格达活佛

访问白利寺——活佛成了红军的好朋友——活佛是一位诗人——格达主动去拉萨劝和与圆寂之谜——寺里珍藏着陈昌浩签署的红军布告和《八路军山西奋战图》

格达，1902年诞生在甘孜白利土司辖区内的德希底村一个贫苦农民的家里。他的阿爸是土司属下的“差巴”，即支应差役的人。在他7岁时，属于格鲁教派的当地有名的寺院白利寺的活佛圆寂了，他被认定为转世灵童，迎入寺中学习藏文。从此，一个农奴的儿子成了活佛，法名洛桑登增·扎巴塔耶。17岁时去了拉萨，潜心学习了8年的佛经，取得了西藏佛教的高级学位——“格西”称号。他一共去过拉萨三次，并且晋见过第十三世达赖喇嘛。他仍旧回到甘孜，主持白利寺的佛事。

1936年4月中国工农红军在长征途中到达甘孜以后，具有平民意识和平等思想、慈爱为怀的格达活佛，亲眼看到红军官兵十分尊重藏族人民，关心群众疾苦，确实纪律严明、秋毫无犯，他还从来没有见过这样的军队、这样的汉人。他又激动又兴奋地对人说：“真正把我们藏族人看作是兄弟的，只有共产党和红军！”他还和朱德总司令、刘伯承总参谋长建立了深厚的个人友谊，从同他们的交谈中知道了许多革命道理。他相信共产党才是各族人民的救星。不久，在朱德的主持下成立了第一个藏族人民自治政府——博巴依特瓦，格达活佛作为第一副主席，在成立大会上发表了充满激情的讲话。在这期间，他以活佛的威望、副主席的身份，服务的热心及组织的才能，做了大量的工作，如动员僧俗群众给红军当翻译、当向导，筹措粮草，救护伤病员等，他所驻锡的白利寺就带头支援了15匹军马和19头牦牛，还交纳了“拥护红军粮”156担。当时，有的人对于给红军筹粮不满，他就耐心向大家作解释，他还预言：“支持了红军，未来会得到好处。”我在参观白利寺时，亲眼见到过红军留下的粮草借条。

1936年7月1日，红二军团、红六军团到达甘孜与红四方面军会师后，成立了中国工农红军第二方面军，由贺龙任总指挥。2日至10日，两个方面军离开甘孜继续北上。国民党反动派和封建农奴主摧毁了博巴政府，杀害了政府的工作人员40多名。格达对此极为震惊和悲愤，他不顾个人安危挺身而出，以其在宗教界的地位同反动势力进行斗争。

当时大金寺、甘孜寺的首领同统治集团关系较为密切，他就通过说服他们去劝说制止少数反动派的杀戮行为。他一面将僧俗群众武装起来进行自卫，一面迅速地妥善安置红军留下的伤病员，对于伤好病愈的，发给路费，让他们去追寻红军，争取归队；其他的都转移到安全的地方去继续治疗、休养。譬如，他曾派色波喇嘛负责把二百多名红军伤病员护送到道孚县的章谷寺去请纳扎夏活佛代为保护，又将一部分伤病员委托给桑根寺的根顿珠活佛。

格达是一位善于运用形象思维表达他的善恶观的诗人，他在写给根顿珠活佛的信就像一篇散文诗：“……我们这里明媚的春天已经过去，盛夏的鲜花将经受暴风雨的摧残。要留好根和种子，等待在未来的春天里开花、结果；要保护好那娇嫩的羊羔和牛犊，备足草料度过寒冬；要当心黑夜的魔鬼、严冬的虎狼扑来吞噬人间的生灵。……我有朱总司令临行时的嘱托，你有贺总指挥辞行时留下的期望……我们心里要放宽，眼光要放长。”

我们一行人怀着崇敬的心情，漫步在白利寺内。莱赖喇嘛告诉我们，红军走了以后，格达活佛除了诵经以外，就作诗词，大部分是想念红军的，在这一带很是流传。有一首是这样写的：“彩云是红军的旗帜，高山是红军的臂膀，红军啊，你们给我留下了金石的语言，藏族人民永远在你的指引下成长。”当时，国民党反动派慑于他在群众中的威望，不敢直接对他下手，于是改为利诱，奉送各种头衔，遭到格达活佛的拒绝后，就散布说：“白利寺是红军寺，寺里的喇嘛都是红军。”并对格达本人进行人身方面的攻击，还断绝寺中的经济来源。这一切都不能动摇格达的信念。

我们走进了格达的卧室。紧靠卧垫的墙上贴着的一张国画，吸引了我们的目光，画上标着“八路军山西奋战图”的题目，是典型的内地年画的手法，落款为秀堂，印章看不太清，似乎是子牛二字。画的是朱德总司令站在阵地上，手拿望远镜，在指挥八路军同日本侵略军作战。莱赖告诉我们，这是格达活佛托人从印度的加尔各答用高价买来的。（后来又有人说是从成都买来的，也有说是从拉萨买来的。）可见他非常重视同红军结下的友谊，时刻关心着国家的命运。

格达活佛终于等来了中国的春天，1949 年 10 月 1 日中华人民共和国宣告成立了。那时西康还没解放，格达就派人绕过国民党的封锁线，从青海到达北京，向毛主席和朱总司令献旗，表达他的敬意和祈盼早日解放藏区的心情。当时的甘孜属于西康省管辖，省长刘文辉宣布起义后，西康省和平解放。格达活佛在甘孜召开了庆祝大会，有三千多人参加。他又派出代表带着他的慰问信奔赴康定，去欢迎解放军。

1950 年 4 月 28 日，进藏先遣部队在团长郄晋武、政委杨军的率领下进驻甘孜，甘孜再度解放了。全国政协委员天宝和师长吴忠专程到白利寺去拜望格达活佛，格达亲自迎出十里之外，拉着他们的手激动不已，说："朱总司令真是一位神将，他离开这里时曾对我说，15 年左右红军一定会回到甘孜。今天正好是第 15 个年头，你们果然回来啦。"他还说："我这个崇信释迦牟尼的有神论者，衷心欢迎你们这些无神论者。"不久，格达担任了西南军政委员会委员、西康省人民政府副主席、康定军管会副主任等职务。当他见到全国政协请他去北京开会的电报时，心情十分复杂，他对天宝说："我是非常希望见到毛主席和朱总司令的。但是目前西藏尚未获得解放，实现祖国统一的愿望还未达成，我怎么能就这样到北京去呢？我希望先到西藏去，向拉萨三大寺以及西藏地方政府中的我的朋友们宣传共产党的民族、宗教政策，以我的所见所闻去说服他们回到祖国的怀抱。等西藏实现了和平解放以后，我再去北京晋见毛主席和朱总司令。请您反映一下我的这个愿望。"

不久，格达就收到了这样一份电报，全文是：

天宝转格达先生：

来电敬悉，先生入藏进行和平谈判，用意极嘉，无任欣慰，谈判条件当由天宝同志转告。你对此有何意见请告。至于你入藏名义也请提出意见，总以有利于工作为妥。

朱德、刘伯承

六月一日

天宝原名木尔加·桑吉悦希，藏族，1917年2月出生，是四川省阿坝藏族羌族自治州马尔康县的藏族人，1935年秋红军长征路过他的家乡时加入了红军，成为红军中的第一批藏族战士。他担任过西藏自治区人民政府主席、西藏军区第二政委、中共四川省委书记、四川省人民政府副省长等职务。2008年2月在成都逝世，享年92岁。他有一副饱经沧桑的黝黑面孔和偏瘦而硬朗的身材。我是认识他的。1981年5月我应邀去拉萨参加西藏和平解放30周年时又曾同他坐在一起观看文艺演出，进行了老上下级式地亲切交谈。他还特意告诉我“我去过你们的甘南。”

格达经过了一番准备，于1950年7月4日率一行七人启程西行，出发之前当地军民为他举行了欢送大会，群众跳“果卓”，纷纷祈祷格达一路平安。会上，宣读了第五十二师师长吴忠写给当地藏族果卓队的信，信中说：“亲爱的姊妹们，格达活佛要为西藏人民的解放远道入藏，格达——你们最敬爱的活佛现在就要离开你们了，请你们不要难过，很短的时间，他就会完成他的志愿，重新和你们见面。解放军是为解放藏胞而来的，今后你们的生活会一天天好起来。这里买不到好吃的东西，送给你们很少一点钱作为礼物，请收下。”信才念到一半，果卓队的全体就被感动得哭了。

格达一行于 7 月 24 日到达昌都，受到西藏地方政府昌都地方当局的阻挠，不得继续西行，处于被软禁的境况。格达于 8 月 22 日病故，年仅 47 岁。

因为格达是西南军政委员会的委员，由刘伯承任主席的西南军政委员会的所在地重庆的各界人士举行了追悼大会。西南军区司令员贺龙和政委邓小平送了挽账，挽账上的题词是：“为和平解放西藏、惨遭帝国主义者和反动分子所毒害而光荣殉国的格达委员永垂不朽！”刘伯承主席送了这样一副挽联：“具无畏精神，功烈永垂民族史；增几多悲愤，追思应续国殇篇。”在我看来，根据刘伯承同格达的友谊，依刘帅在他的为数不多的旧体诗作中表现出的文采，这副挽联不会是由秘书代劳的，一定是他亲拟而成。

关于格达活佛的圆寂，至今已经过了一个甲子，它的真相仍是个谜。期间有多种说法，一种说法是当时比较普遍的：他是喝了昌都电台主任英国人福特（ROBERT WEBSTER FORD）的咖啡慢性中毒而死的。例如 1950 年 12 月重庆《新华日报》两次登载新华社的电文，说是“福特即设计将他毒害”，“福特和他的帮凶……再下毒手”；多年以后，《西藏日报》则说是“西藏反动派……在英国特务福特的指使下”将格达杀害的。这在当时是一种不可反驳的结论，因为福特是“帝国主义分子”。听说福特本人并未承认，后来还成了英中友协的负责人，提出过为他平反害死格达一案的请求。第二种说法是，格达得病以后，当时西藏地方政府派驻昌都的总管拉鲁的私人医生来给他送药，他吃了药便不能说话了，次日即圆寂。言下之意是拉鲁授意加害于他的。例如时任十八军政治部宣传部部长的乐于泓在他的《和平解放西藏日记摘抄》中提到，他于1951年8月26日下午去拜访噶雪巴时，这位与格达曾是同学的前西藏地方政府首席噶伦告诉他："听说格达是拉鲁害死的。"但拉鲁至今对此事采取的是无可奉告的态度。还有一种说法是比较含糊的，即笼统地说是"帝国主义和反动势力"害死了他。这使我想起了四川新都宝光寺一副对联的下联："天下事了犹未了何妨以不了了之。"

我在参观白利寺的过程中，听莱赖喇嘛谈到此事时，距格达圆寂仅七个多月，他也只讲了这样一段话："由昌都来的传说讲，格达活佛喝下毒药时自知中了毒，他说，我可以吐出来，也可以咽下去。他们也许认为我死了就什么都好办了，我既然为和谈而来，为了藏汉的团结，我情愿死。"

总之，格达是为和平解放西藏无畏无悔地献身了。至于真正的死因，到底谁是凶手，迄无铁证。

告别之前，莱赖又拿出来一件东西，那是一块不大的木牌，上面贴着当年红军特意颁发的布告，他们视为宝物，妥善保存至今。可惜我当时没有抄录下布告的全文，只记得头一句是"查白利寺拥护红军"，往下的大意是应予保护，我军人员一律不得入内惊扰，切切此布。最后的签署是"司令员陈昌浩"。

远在20世纪60年代初期，我在任甘肃省歌剧团编剧的时候，曾经想以格达活佛为题材写一部歌剧，并认真地写出了提纲。向领导汇报以后，遭到了否定，几乎被认为是思想感情有问题，因为在只能歌颂工农兵的年代，我竟然要歌颂活佛。

九、踏雪海子山

玉隆草原与夏格刀登——步行前的配备：三种食品与“五大皮”——头一回骑马一天摔下来六次——藏民硬要背我们过冰河——在没膝的积雪中行进——飞雪中听到雷声——海子山兵站——睡在银圆上

4 月 14 日，我们离开甘孜，当天到达了玉隆。

这时的玉隆草原，满眼还是严冬留下的枯黄，但是在低洼处，已经有性急的小草冒出了嫩绿的尖芽，在温暖的阳光下蒸发出大自然特有的淡淡的清香。肥得滚圆的小田鼠在草中跑来跑去，在洞口钻进钻出，忙碌得可笑，灵敏得可爱。我们都把它叫地老鼠，它的外观虽然像是小灰兔，其实是一种有害的动物，因为它会咬断植物的根，破坏草原。去年进藏先遣部队在甘孜渡粮荒时，就曾经把它同麻雀、野菜当作了三种辅助食品之一。据说它的肉很是鲜嫩细美，但我没有尝过。

玉隆的确是一个很美的地方，除了宽阔的草原，还有原始的森林。管辖它的大头人夏格刀登的宅院则建筑在大平坝上。

夏格刀登原是德格女土司降央伯姆的管家，后来与土司分手了，自己统治了玉隆。这一次我参观了他的庄园，见到了这个健壮的汉子。11 个月以后，即 1952 年的 3 月，我在雀儿山下的马尼根果参加“康北五县运输总会代表会议”时，又见了他。当时正值西藏军区于 2 月正式成立的消息传来，我的笔记本上还记有他在会上对于此事的一段发言，他说：“祖国的西藏好比是一个花园，若是没有一道墙，鸡也可以进来啄食，猪、狗、牛都可以进来糟蹋，墙的建筑就是巩固国防，西藏军区的成立就是给祖国添了一道这样的墙。这是值得高兴的。”

进藏初期，由于一无公路，二无航线，原有的道路有许多地段只能勉强通过行人和牲畜，所以，部队的供应，全部的物资，只有靠牦牛来运输。仅只夏格刀登卖给我们的牦牛就有五千多头。这位大头人后来如何，我不得而知，但他同康北几个县的土司、头人、县长们，在组织牦牛运输、支持部队进藏方面都曾经做出了贡献。

在玉隆，我还访问过一家藏民，主人是一位 30 来岁的男子，他粗通汉语，对我讲述了过去此地人民所遭受的刀兵之苦。一方面土司、头人们所管辖的部落之间常有械斗，一方面青海和康北之间的不同势力也有战争，他的一只眼睛就是被青海马步芳的军队打瞎的。正是他第一次教给了我藏传佛教的六字真言：唵嘛呢叭咪吽。

从玉隆向西，连粗通的简易公路也没有了，也就是说，我们要从这里开始步行进藏了。

4 月 15 日这一天，是我们做步行准备的时间。思想准备是早已做好了的，需要的只是物资的配备。

我们的随身枪支是在四川新津时配备好的。陈野民是营级干部，佩带了一支勃朗宁小手枪；赵骞是连级干部，挎了一支带木盒子的二号驳壳枪；我是排级干部，背了一支美国造的卡宾枪。这种配备，是完全符合级别的。如果再有一个班长或战士，就要扛一杆步枪了。

马是每人一匹，每天由兵站从当地雇用，派一位藏民跟马，第二天人和马原路返回，每匹马每天给大洋一元。每天更换一次。装行李的马褡子、挎包、水壶也都有了。每人还发了一顶先遣部队才有的特殊帽子——草盔，它是用草纸浆压模成椭圆形的，虽有一定的厚度，戴在头上却感觉比钢盔还轻。上面又涂了一层黑色的油漆。记得过去有人把它叫作博士帽，孙中山、胡志明都戴过，毛泽东去重庆谈判时也戴的是这种形状的帽子。进藏部队发这种草盔是防冰雹用的。食物主要发三种：一种是代食粉，是用炒熟了的豆面和食盐等和成的，可以用水搅拌着吃；一种叫蛋黄蜡，是把鸡蛋黄做成了短小的蜡烛形状，也是熟的；再一种就是压缩饼干了。三种食品都是用大小不同的铁筒装好的。因为从一个兵站到下一个兵站至少是一整天的路程，中间经常没有人烟，不携带食品是不行的。还有一种特制的用品是两用雨衣，它是一大块方形的双层雨布，钉着设计得很合理的扣子和带子，下雨时可以当雨衣，宿营时有两块就能连接成一顶可睡二人的小帐篷，既好看又好玩。穿的方面，就是发给有名的“五大皮”了，即皮袄、皮裤、毛皮鞋、皮帽子和皮大衣。穿这种军装，对于绝大多数战士来说都是生平头一回，因为大家来自黄河中下游流域，天气冷不到这种程度，而且生活贫苦，也置办不起如此豪华的衣着。

4 月 16 日，我们三人骑上三匹马开始了新的行程。

这是我生来第一次骑马，连个先练习一下的机会都没有，我也不把它放在心上，觉得骑马是一种敢上去就会骑的事。其实并不那么简单，走平路还没啥，上山和下山，前倾和后仰，就要有技术与经验了。我头一天骑马是出了洋相的，马一爬坡，我就从马屁股上摔下来；马一下坡，我就又从马脖子上溜下去。一天中整整落马六次，但是没有受半点伤。他们都夸我有“滚马术”。因为我那时到底年轻，才18岁，而且爱好各项体育，身体既结实又灵活。从第二天起，我就再没有挨过摔了，而且遇到草原和平坝时，还敢抖缰奔驰一番。

这天给我们跟马的藏民名叫阿吉，是一个面带微笑的小伙子，他中等身材，肌肉十分健壮。途中，遇到一条冰河，水不太深，但河床里多是很滑的鹅卵石。我们决心把皮裤卷高，从河中走过去。他坚持不让我们下水，硬是一趟一趟地把我们三个人背到了河的对岸。事后我们越想越难受，阿吉虽然是一片真心相待，满腔赤诚地拥军，但我们毕竟也是年轻人，而且是热爱人民的军人，怎么能让人背呢？从那以后，我们遇河都是自己下水。有时一天过几回河，因为我们是自东向西走，一路横亘着南北走向的横断山，而河水自然也是南北流向的居多。由于水是雪山融化下来的雪水，特别的冰冷刺骨，那时，走得很热的双腿经常地遭受冰水骤激，再加上八年之后在农场监督劳动时常放冬水，落下了静脉曲张外加腰脊劳损的病痛。

翻越海子山，使我们真正领略了康藏高原的风韵，具体地说是品尝了大雪山的味道。海子山是康北有名的大雪山，海拔5000多公尺，与另一座海拔6000多公尺的大雪山雀儿山遥相对峙。当我们走上山去的时候，就进入了雪浪起伏的海洋，越往上走，积雪越深，马是骑不成了，开始是牵着马走，后来就让马在前面踩路。快要接近山顶了，天空飞起了大雪，本来就感到空气稀薄，呼吸困难，要张大嘴巴协助鼻孔，强劲的冷风又来咽人，喘气成了大问题。这时身下的积雪已经深得没膝，所谓走路，就是吃力地把前一条腿插到雪中去，再把后一条腿从雪中拔出来，每倒腾一步都要费很大气力，上一步与下一步之间，都要停下来呼哧呼哧地喘一阵子粗气。（后来我看到登山队攀登珠穆朗玛的纪录电影，那情景对我来说十分亲切。）好不容易发现了一块露出雪面的大石头，我坐上去，看着手表，按住手腕，数我的脉搏，一分钟是 138 次。我们都想坐下来好好休息一番，因为实在像是筋疲力尽了。但是在此之前，有经验的人就告诉过我们，在这种情况下要坚持走下去，不然就可能再也起不来了。我们只好吃了几块压缩饼干，水壶里的水已经冻成冰疙瘩，再怎么摇晃它也无动于衷，只好抓了几把雪吃，继续前行。这时，我又意外地饱享了终生难得的耳福——在落雪的雪山顶上，在康藏高原的阴历三月，听到了隆隆的雷声。至今想来依然觉得惊奇。到了 1984 年，我就把我的一本写西藏解放的叙事诗集起名叫了《冬雷》。《易》云：雷出地奋。雷声可以振奋大地，雷也是振奋人的声音，何况在隆冬里、在艰难中听到它的有力的呼唤呢！

当晚，住宿在海子山兵站。这座兵站刚刚建起还不到一个月，是进藏物资的重要转运点。它位于海子山的山腰，海拔大约在 3500 公尺左右，自然条件之恶劣、生活状况之艰苦、工作任务之繁重，都给我留下了深刻的印象。据后来看到的材料，这座兵站的官兵遵照“补给重于战斗”的指示，发扬了“吃大苦耐大劳”的精神，在从建站起到 1952 年 5 月由汽车代替了牦牛之前的 14 个月里，他们装卸、存放、保管、转运的支持进藏的各种物资，足可以垒成一座小山。在运输的高峰期，例如他们所记载的1951年11月16日，一天中各地来兵站的驮运牦牛就达两万多头，他们当天就发放物资八千余驮。这样的工作量，在天寒地冻的深山里，没有那种后来被称为“老西藏精神”的劲头儿，是无法完成的。

海子山兵站也是执行政策的模范。在过去的年代里，各家的牦牛都只在本地活动,从来没有参加过超越本部落辖区的“过界运输”，这次支援进藏，由于长途跋涉，牲畜不习惯沿途的异地生活，或者误食了毒草、误饮了毒水，或者染上疾病，有不少的马匹和牦牛死亡。兵站虽然都按价付给过运费，但是藏民们还是蒙受了损失。牦牛运输任务结束以后，海子山兵站遵照上级指示，认真地做了赔偿工作。以石渠县为例，由站长王树昌领队，组成了三个工作组，带上大洋和慰问品，到24个村子去进行慰问和赔偿。他们根据和石渠县人民政府协商后的决定，对支前死亡的马每匹赔偿25至30个大洋，牦牛每头赔偿15至20个大洋。慰问团每到一个村子，先召开慰问大会，对被评为先进的牦牛运输队和个人披红戴花，敬献哈达，并给予藏民喜爱的砖茶等实物奖励。扎仁阿爸在运输中损失了六头牦牛，在参加大会时当场领到了一百多大洋的赔偿金，他激动地跪在地上，流着满脸热泪说：“人间几千年，哪里有过这样好的军队呀！”

当晚，我被安排在一间阴暗破旧的平房住宿，这是一个临时仓库。我点上蜡烛，寻找可以打铺的地方。我从参军以来，习惯了在行军途中宿营打地铺，是不奢望睡床的。但屋里满满当当的全是长方形的小木箱，垒了差不多有一人高，我一看就知道是银圆箱子，因为那时藏民不认可纸印的人民币，所以只流通银圆（藏民习惯叫大洋）。这些大洋都是用铸有袁世凯头像的中华民国三年的模子在成都重造的，是全新的“袁大头”，一块是一圆（元），每箱装两千块。我只好把行李铺到疙疙瘩瘩的木箱筑起的“床”上，爬到上面去睡，这个床是如此高大、如此贵重、如此独特，睡上去却又是如此的不舒服。不过，这也算是一种小小的奇遇吧，有几个人能有机会享受到这种睡在银山上的特殊待遇呢?

十、雀儿山顶露营

在竹庆又见绿柳——攀登雀儿山感同雄鹰翱翔——子夜在山峰放哨——我和雀儿山结了缘——跟马的姑娘与小伙的一夜情——陈野民和赵骞：两位已逝的战友

4 月 17 日，从海子山一路下坡，到达竹庆。当时我在笔记上记的是竹青，我觉得竹青二字不但有音，而且有义。大概因为那里不长竹子，又因为青色不如“喜庆”受人欢迎，以后就规范为竹庆了。这个地方我以后再也没有去过，也不记得它的海拔是多少了，但是它留给我的印象既清晰又美好。你想，刚从风雪交加的海子山上走下来，见到一个地势低洼的小村庄，温暖的阳光抚摸着刚刚吐绿的柳条，那绿色在白雪和蓝天的辉映中是那样鲜活，它似乎在悄声细语地告诉你人间是多么美好，生命是多么可爱，天公也毕竟有情。这种强烈的对比，犹如使人在绝望中产生了希望。

4 月 18 日，我们预定的行程是由竹庆折向南，翻越雀儿山，住宿呷利顶（也有人写为柯鹿洞）。结果是过分低估了雀儿山的险峻，不但没有能够到达呷利顶，反而不得不露宿在雀儿山积雪的山顶。

雀儿山是汉化了的名字，藏语叫巧拉，意思是铁山。它坐落在德格以东，主峰海拔 6168 公尺。积雪与融雪的分界线称为雪线，西藏的雪线一般在 4500 公尺。雪线以上的雪就终年不化了。当我站在雀儿山上瞭望西藏的群山时，它们就像是成千上万的超级的圣诞老人，披着洁白的长发，站立在蓝天之下，沐浴在骄阳之中，这是一种不上世界屋脊不可能看到的自然奇观。

我们一边攀登着雀儿山，一边观赏着无边无际的雪海云帆，什么心旷神怡啦，如临仙境啦，流连忘返啦，应接不暇啦，都已成为苍白无力的词句，大概只有雄鹰翱翔时可以同我们此刻的心境较为接近。

谁知刚刚到达山顶，西天的太阳就落了下去，天色迅速地黑下来。据汉文的记载，上山的路有 20 余里，下山还要走 15 里。（藏族一般是说不准里程的，只习惯于算马站。）如果摸黑下山，一定会迷路的，而且极有可能坠入雪窝或山谷。即使不遭伤亡，走上一夜也未必能到达兵站，因为已经是人困马乏了。我们只好决定就在山顶宿营。我们第一次将两用雨布搭成了小帐篷，把皮褥子铺在雪地上，在吃了些积雪就饼干以后，像野狐一样地钻了进去。

给我们跟马的是一位藏族姑娘，（我已经忘记了她的名字。）看样子还不到 20 岁。她中等身材，健壮丰满，眼睛大而明亮。她懂得的汉语还没有我们懂得的那点儿藏语多，所以双方很少交谈。当我们正在搭帐篷的时候，从对面的山下走上来一个藏族小伙儿，看来同她并不相识，两人却似乎一见如故。跟马姑娘告诉我们，不必操心马匹和她宿营的事。

陈野民是我们一行的头儿，他的敌情观念很强，决定三人轮流站岗，以防在荒山之夜的野营中遭到人或兽的袭击。

我是第二班岗，被叫醒时睡意正浓。从华北到西北再到西南的行军生活，已经把我锻炼出来了，随时可睡、随时可醒。

子夜，在雀儿山峰上，我身穿五大皮，手持卡宾枪，头顶着大颗大颗稠密的亮星，脚踩着万古的积雪。远处近处的一切都安静极了，除了自己的呼吸，没有任何东西会发出一丝音响，似乎这个世界上从来就没有过人类、没有过生命，只有天和地、雪和山。我真希望这时候能听到战友的鼾声或者马的喷嚏或者跟马姑娘的梦话，但是四周依旧静悄悄，静得要命。我自己又不好发出什么动静来，一来怕惊醒战友，二来意识到放的是暗哨，不可暴露自己。

我站在雪山上，站在寂静里，头脑净化得像雪原一样，一片空白。高僧坐化之时，大概就是进入这种境界。

此刻，我不会想到，就在五个月之后，当我们在返回重庆的归途中重又经过这座大山时，它竟然变得一片沸腾，修筑康藏公路的技工已经率先向它开战。部队由于在修建甘孜的飞机场，直到隆冬才开上雀儿山，更增加了与积雪冻土进行决战的艰巨性。

此刻，我也不会想到，时过八个月之后，我正式调入西藏。我在一个落雪的深夜，在搭着篷布的卡车车厢里，用嘴哈着冻结了墨水的钢笔，写出了诗歌《打通雀儿山》。我把它填进经我加工了的陕北民歌的曲调，立即在西藏的部队中传开；《人民日报》《解放军文艺》相继发表；上海灌制了唱片。

此刻，我也没有想到，一年之后，我们第十八军后方政治部文工团就在雀儿山顶上演唱了《打通雀儿山》。那是一个夜晚，是用汽车的车灯照明的。战士们的掌声响彻了夜空，回荡在群山。

此刻，我也没有想到，我曾被借调到解放军电影制片厂（后来改名为八一电影制片厂），与该厂的导演王冰（他的代表作应是《战上海》。他已在“文革”中去世。）及由云南军区借调来的徐怀中一同创作大型文献纪录片《通向拉萨的幸福道路》。这部反映康藏公路修筑全貌的剧本，是军影同捷克斯洛伐克陆军电影制片厂合作摄制的，主要是借用他们制作彩色片的技术。当时雀儿山早已通车，为了补拍，又从前方调回了一支修路部队，重新选了一道没有公路的山梁，二次摆开打通雀儿山的战场。

此刻，我也没有想到，这里将要诞生一位筑路英雄、模范共产党员张福林。他是河南扶沟县人。在雀儿山的筑路工地上，被砸在巨石之下，他忍着剧痛谢绝抢救说：“我不行了，为国家节省一针药吧。”当场交了最后一次党费离开了人间。（我参加过歌剧《张福林》的后期创作。）

此刻，我更没有想到，我在此后的六年之中，竟然从雀儿山通过了 19 次，它的每一处风景、每一个弯道、每一个标志，我都非常熟悉、格外亲切。每当来到雀儿山，我都有回家探亲的感觉。

记得 1958 年 5 月下旬，我在重庆参加完中国作家协会重庆分会第一届会员大会，乘一辆新接的苏联嘎斯 69 炮兵牵引车返回拉萨。同行的还有两位从北京调来支持西藏的医生，他们的工作单位将是西藏军区门诊部，所以和我同坐军车。男医生姓高，和我坐在露天的车厢里；女医生姓娄，被优待在驾驶室中就座。他们俩是第一次进藏，一路之上，我当然就成了向导和讲解员。当汽车来到标有海拔 5050 公尺的雀儿山垭口的时候，我请司机把车停下，我建议两位医生下来活动一下筋骨，领略一番风光，检验一下体质，听我讲一讲打通雀儿山的情景。

娄医生一看那海拔的高度，心生疑惧，不敢出驾驶室。高医生是一个健壮的大汉，对适应西藏的气候充满自信。我俩跳下车来，走到筑路纪念亭上，举目四望无边无际的山海雪浪，十分惬意。我为了显示自己的山东大汉的老西藏的体质，也为了给患有恐藏症的娄医生现身说法做示范，提议和高医生来一次百米赛跑，他毫不示弱，我们立刻在山顶的公路上拼命地跑了起来，似乎和在别处没有多大差异。这个举动，果然鼓动了娄医生的勇气，她终于跨出了驾驶室，不料刚走了几步，就腿脚发软，白眼上翻，瘫倒在地。我们立刻把她连抬带推地弄进驾驶室，司机也很有经验，让车门开着，好流通空气，发动车子缓缓向山下溜去，下降了不到二百米，娄医生就醒过来了。当晚住下以后，娄医生决定返回北京，说什么也不再西去拉萨了。我竟然又当了义务政治委员，对她进行耐心的说服，我告诉她：初到西藏会有个适应过程，雀儿山是康藏公路所通过的最高的地点，再不会有什么危险了。最后她同意继续前行，并且到达了拉萨，在那里工作了好多年。高医生则由于生活问题自杀了。

后来，西藏军区文工团的战友们因为我写了《打通雀儿山》，个子又高达1.82米，曾经把“雀儿山”起为我的绰号。

我和那座高耸蓝天的、终年积雪的雀儿山，可谓结缘不浅。

天亮以后，我们做好了出发的一切准备，却不见跟马的姑娘前来。我们在一处避风的地方发现了马匹。一定是我们的说话声和踏雪的脚步声吵醒了她，忽然，从我们身边的雪地上有一片白雪升了起来，那是一件宽大的被夜间的大雪覆盖了的皮袍，从皮袍下面坐起两个人，正是我们的跟马姑娘和昨晚上得山来的小伙儿。另一件皮袍铺在他们的身下，看来比我们睡得暖和多了。

我惊异于他们的大胆行为，也赞赏他们的一见钟情。我料定他们在分手时，一定会互道珍重、恋恋不舍、频频回头。我暗暗注意着，想证实我的预料。结果，我完全错了，他们彼此什么话也没有说，也没有屡屡回头、频送秋波，各自径直去也。

那个年代，革命者是不谈论男女之事的，否则会被视为低级庸俗。所以我们三个人一路上谁也没有提到过跟马姑娘的事。

正当我写到这里的时候，由重庆打出的电话中传来了噩耗：与我一同首次进藏的老战友赵骞同志，因患小细胞癌不幸逝世了！我们自 1957 年冬末在西藏日喀则重逢以后，就再也没有见过面。当时谁也不会想到，在那个严冬还没有过去的时候，竟然在整个中国开始了漫长的政治的冬天。41 年间，我们彼此想念，通过书信，打过电话，但终未能再促膝畅谈。而另一位老战友陈野民也在几年以前辞世。我在此一并表示深切的哀悼。他们留在西藏的足迹，连同他们献在边陲的青春和建树在高原的功绩，永远不会磨灭。

陈野民同志是江苏人，是一个温文尔雅、非常自尊自爱的知识分子。他原在华东野战军（即后来的第三野战军）文工团，曾经参加过有名的“七战七捷”苏北战役。刘、邓大军取得了坚持大别山的胜利以后，刘伯承向华野请求支援文艺干部，陈毅司令员爽快地答应了。陈野民就是这时随之调入了二野文工团的。由于他“不善活动”，长期以来一直只在“下面”工作，他和他的家人始终未能住进成都市区。我同他在“反右派斗争”之后分手，直到 1975 年 6 月 6 日才又在成都匆匆见了最后一面，这时他的头发已经过早地斑白了，原因是在“文化大革命”中遭受了极大的身心摧残。

赵骞同志是河北南宫人。参军后参加了艰苦卓绝的坚持大别山的斗争。由于在一次政治运动中主动向组织交代了一个“一闪念”，被视为阶级异己，一直受到内控，不得提拔重用。他是地主家庭出身，但是从他身上却见不到什么剥削阶级的“烙印”，他除了热心革命事业之外别无他求，几十年里，在衣食住行方面都极容易满足，对于职位的高低、工作的地点从不计较，甚至对于在政治上背的黑锅、在某个事件中受到的株连、在工龄计算上吃的亏，他都不辩不争。他总是“怕给别人添麻烦”而不愿求人。

如前所述，我则是来自一野的。我们一起进藏的三人，竟然分别来自第一、二、三野战军，我们的籍贯也分别属于不同的三个省份。现在他们两位都已经去世了，但是友情常存。我们这类人的最大的共同点，用八个字就可以概括，那就是：忠心耿耿，遭遇坎坷。

成都解放以后，有一批当地的参军热情极高而且热爱文艺的女大学生参加了我们的战斗剧社文学队，其中的龚让熊和郭慕虞后来分别做了陈野民和赵骞的妻子。龚、郭二位战友都早已告别了文学，做了一辈子好干部和贤妻良母。

十一、德格的两个女人

著名的城和著名的印经院——女土司是原红毛国的公主——降央白姆喜爱文艺——曲梅巴珍：从支差的农奴到运输模范——影视中留有她年轻的形象

我们从雀儿山上走下来，于4月19日住宿柯罗洞。这个地方没有给我留下任何记忆。

20日，我们继续西行，准备渡过金沙江。路上必须路过的一个有名的县城就是德格。(藏语读音应是“呆该”。这肯定又是四川人译的音,因为用四川话读“德格”二字正与“呆该”相同。)它坐落在金沙江以东不远的山谷中，在东西大通道南侧的山根坡地上，建筑紧凑而又错落有致，气势雄浑，形势险要。它是德格土司府第的所在地，而且有一座非常著名的印经院。这次路过，我们并没有在此停留。我参观德格并见到德格土司还是一年以后的事。

德格可以说是东来的藏文化同西去的汉文化的汇集之地。在它的辖区之内，大小寺院竟有148座之多。这个地区文化比较发达的原因，就是由于有一批文化水平较高的喇嘛和头人。它的一个重要的文化实体是始建于清代雍正七年的印经院，当时，在土司登巴泽仁的主持下，刻出了的《甘珠尔》和《丹珠尔》两部经典，共计312函，它完成于1733年，就是闻名中外的德格版《大藏经》。当我怀着崇敬之心走进印经院的时候，喇嘛们正在院子里刻经，他们每个人的胸前横放着一块窄长的木板，在他们的小刀下出现了一行行像图案般好看的藏文。

写到这里，我不由得想起一位已经辞世的著名藏学家、学者、教授、诗人，他用毕生的精力将许多藏文著作译成了汉文，出版了《格萨尔王传》《米拉日巴传》《仓央嘉措情歌》《西藏王统记》等。他就是已经去世的西北民族学院教授、我的师长辈的好友王沂暖先生。他曾经告诉我，由于种种原因，他没有能去成他向往的拉萨，但他感到欣慰的是他到过德格，参观过德格的印经院。

在那个年代，德格有两个非常有名的年轻女人，她们是两个完全不同的类型，一个是德格土司降央白姆，一个是农奴姑娘曲梅巴珍。

降央白姆是在1942年她的丈夫泽汪登登去世以后继任了土司职位的。后来由于和夏格刀登发生过关于土司继承人的纷争，调解不成，只好又由八邦寺的司笃活佛出任土司摄政。

降央白姆的宅院同德格印经院都坐落在不大的县城内，都是德格最宏伟的建筑。降央白姆并不是一个可以随便叫的名字，因为她是贵族，是土司。人们都叫她德格孜母，孜母是藏语王后的意思，德格孜母就是德格的王后。这个称呼与她的出身有关，她的原籍是现在的青海玉树藏族自治州，玉树在公元五世纪左右曾是膃末国，后来被写作红毛国，从血统上讲，她应是红毛国的公主，嫁到德格就成了无可争议的王后。

降央白姆长得十分秀丽，大大的眼睛里含着几分冷静与几分羞涩。她的修长的身材配上稳重的举止，显得后背略有点儿驼。她身为年轻的女贵族，却不像拉萨的贵族小姐那样爱穿花绸彩缎，脸上浓画艳抹，她总是素面朝天，穿一件黑哔叽布袍子，连“邦典”（彩色的前襟罩裙）也不扎。她有着很长的乌黑浓密的头发，却不像一般藏族妇女那样或扎成许多小辫儿，或盘在头上，她竟然学汉族农村姑娘，梳一根大辫子垂在背后，那红绒辫梢一直垂到臀部。

降央白姆那时不会说汉语，但她很喜欢看我们军队文工团的演出，和团里的女同志们成了朋友。演出完了，她还要到后台去看望一番。那时没有任何剧场，都是在野外演出，所谓后台只不过是在天幕后面的地上摆一些服装道具罢了。降央白姆就站在那里和大家亲切地微笑一阵，充满好奇地看着我们的服装、道具、化妆品之类，显然，她是一个不大摆贵族架子的、热爱文艺的女人。

我们应邀去她家作过客，在她的宅院里，在众多的仆人面前，她不像在我们的演出后台那样亲切随便了，倒有了几分冷峻和威严。我还记得，她家的建筑金碧辉煌，院子里养着一只美丽的雄孔雀。

在德格城区以西，在东西通道的路边，在一块倚山靠河的坝子里，有一个小村庄名叫龚垭，德格兵站就设在这里。当我们到达龚垭时，天色已晚。兵站把我们安排在一家藏民的小土屋中宿营。

房东的家几乎就在路边，而另一边则是很深的河床，它是一个狭长的小院，有一间北屋、一间西屋和朝南的小门。院子里有一棵小树，是柳树还是桃树或者是其他什么树，记不得了。

房东是一位阿妈和她的一个女儿。她们十分热情地接待着我们一行三人，让我们睡在炉火正旺的西屋。给我们的感觉是：很像来到了老解放区的老房东的家里。

是的，这家人对解放军有着切身的了解和很深的感情。

老阿妈的名字也记不得了，女儿就是康北有名的运输模范曲梅巴珍。

曲梅巴珍自己说，在11个月以前的去年初夏，她们正在地里给主人干活，头人派人来告诉她们，新汉人解放军就要来了，要她们都到山上去给解放军割草砍柴去。那时她们对这种新汉人一无所知，大概是和压迫欺侮藏人的汉人不一样吧。但是既然上面派下来了“乌拉”，总是要去支应的。(“乌拉”是藏语“差役”的意思，是官府、贵族、寺院对农奴的无偿驱使。我军到达以后，废除了“乌拉”制度，一切劳务都付给报酬）第二天清早，她们村里的九个支差人就带上砍刀和绳子上山砍柴割草去了。其中七个人是男的，只有她和扎曲是女的，因为家里没有男人。她们一路上心里直嘀咕，不知道这次支差的结果是吉是凶。

日子一天天过去，她们砍割的柴草越堆越多，只等新汉人来了好去交差。1950年7月，解放军进驻龚垭。曲梅巴珍们立即把柴草交到解放军的驻地，当她刚见到这些带枪的汉人时，吓得心里怦怦直跳，又见他们态度和蔼、说话和气，才放下心来。一位瘦高的解放军将柴草过了称，用算盘结了账，给他们按价付了款，还对他们说：“谢谢你们的支援！”当曲梅巴珍第一次双手颤抖着接过那21块白花花的大洋时，非常意外，千百年来，农奴们支了牛毛般多的差事，支“乌拉”的人有哪一个有哪一回得到过分文报酬啊？那位解放军见她又是犹疑又是惊喜地流下了热泪，便对她说：“收下吧，小妹妹，这全是你应得的柴草钱。”这时，她还不大相信就是真的，感觉像在梦中。

解放军还招待他们吃白米饭和猪肉，他们自己却喝的是元根加野菜煮的汤。那位瘦高个儿见她穿着一身破烂衣服，裸露了的肩膀上红肿的疮疤正流着脓血，便急忙叫卫生员给她上了药，又把自己的衬衣脱下来给她穿上。仅仅半天的接触，她就认定了解放军是天底下最好的人，决心尽力支持他们进藏。

我军从龚埡西渡金沙江，解放由藏军盘踞的西岸要塞岗托时，曾发生过一场战斗。曲梅巴珍们自愿组织起一支 12 个人的担架队从岗托往德格的后方医院运送伤员。50 里的山路都是羊肠小道，而且有几处悬崖陡壁，抬着担架往返，其艰险和劳累的程度可想而知。这支担架队里只有她一个女人。为了不给伤员造成痛苦，她在有的地段上，用双膝跪着走，任膝盖磨出了鲜血，也要保证伤员的安稳。完成任务以后，担架队全体参加了解放军召开的庆功大会，兵站的首长还特意请曲梅巴珍上台讲话。会后，她找到那位瘦高个儿，提出要参加解放军，跟部队一道西进。得到的回答是：“请你留下组织运输队，给前线运送物资，这工作很重要，你看行吗？”她听了他的话。

她赶上家里的全部牲口——两头牦牛和一匹马，第一个到德格兵站去报名参加运输，兵站的马干事说：“你就是曲梅巴珍吧。”她问：“你怎么知道我的名字？”对方说：“庆功会上首长亲自给你授过奖嘛。”马干事告诉她，由于交通十分不便，进军西藏的最大困难是运输问题，譬如部队刚到甘孜时，由于断了粮草，只好停下来挖地老鼠和野菜充饥。

她赶着她的牛和马，轮番地驮着大米、衣被、帐篷、药品、弹药、银圆……日夜往返在支援解放军的路上。为了多运一些物资，她自己也要背上几十斤重的东西。磨得肩膀红肿也罢，饿得头昏眼花也罢，风雨冰雹铺天盖地也罢，她都不曾停止前进。她的阿妈也在家中给她搓毛绳、缝补麻袋，支持着她的支持。

她成了有名的运输模范。

第二天清晨，我们告别她们母女的时候，太阳刚照上她家小院的墙头。她们含着微笑，迈着缓慢的脚步，无言地在我们的身后送行。

从那以后，我再也没有见到过曲梅巴珍本人。但是在我参加创作的纪录影片《通向拉萨的幸福道路》和电视专题片《雪山丰碑》中，都有她的镜头，她那身穿藏装的憨厚健美的赶着牦牛的形象，会永远印在西藏的雪山冰河中，刻在英雄史册上。

还应当提到的是，1952年3月中旬，我自始至终地参加了在马尼根果举行的"康北五县支持总会代表会议"。（1952年4月在玉隆召开了首届运输会议，这个支援总会是在会议之后的6月11日在竹庆成立的）作为德格孜母的降央白姆是昌都支援总会的副主任，也抱病前来出席了会议。代表们用美好的词汇、形象的语言表述了决心合力支援解放军的感情基础，有的说："解放军来了，给我们向幸福的道路架起了一道桥梁。"有的说："解放军的好处，像春天草原上长出来的草一样多。"在这次会议上，我了解到了运输方面的更多的情况和人物事迹。我以曲梅巴珍为原型，创作了一部三场歌剧《运输线上》，我没有用她的真名，还为她虚构了一个恋人和一个妹妹。剧本由我们创作组的罗念一作曲，音乐写得相当成功。这个戏是当年常演不衰的保留节目。1953年12月在西南军区文艺检阅大会上，获得了创作一等奖。至今我还保存着由司令员贺龙和政委邓小平签署的发给我的奖状。曲梅巴珍本人看过这个戏没有我却记不得了。（唉，如果日记还在，是不难查明的。）

她的名字的含义同她的作为是如此吻合：曲梅——长生不死，巴珍——品德火炬。

令人惊喜的是，2008 年 5 月 6 日，我在我的博客中看到了这样一条评论："你好，我是曲美巴珍的小孙女，我奶奶她现在还很好。奶奶有 1 个女儿 2 个儿子，大女儿秦秀英、二儿子秦德康和小儿子秦彪。"

后来知道，曲梅巴珍当过四川政协的副主席，现在已经病逝了。

第二章

从金沙江到怒江

十二、横冲金沙江

第一次坐牛皮船——惊心动魄的横渡——马是通人性的——藏军：当代最原始的军队——追述解放岗托的战斗

天天换马，马不停蹄，连日西进，处处是完全陌生的路程，是我们这次行军的特点。

4 月 21 日，我们来到了金沙江的东岸，被滔滔江水阻止了。

以往人们听惯、用惯了的什么江河向东流，东流归大海之类的话，这在西藏可对不上茬儿。金沙江同绝大多数西藏的江河一样，由于被夹在横断山脉之中，也是自北向南流的。

我们的目光，掠过宽广的河面和滚滚的疾流，清楚地望见了对岸的村庄——岗托。它坐落在西岸的高地上，前面是天堑之江，背后是层峦叠障，二三十户人家的密集错落的房舍，犹如一个巨大的碉堡群。中间兀立着一座三层楼房。在它的右面有一座孤零零拔地而起的小山，大约有三四十米高，上面还长着一棵歪歪扭扭的不大不小的树，看样子像是松树。整个造型很像桂林和张家界合作出来的复制品。一看就是易守不易攻的险要之地，作为入藏的门户，极有军事价值。

那时，江上没有任何桥梁。千百年来，要想过江，只有靠牛皮船。它是用牛皮缝制的，形状酷似巨大的瓢。这种水上交通工具，也凝聚着藏族人的智能，牛皮泡湿了有韧性，圆形可以擦过石头等物体的撞击。但是有利也有弊，正因为是圆的，又没有舵，划起来很难掌握方向，一般人是绝对玩儿不转的。这一回，是我第一次乘坐牛皮船。

我们的三匹马只有到达对岸才算到达了目的地，完成了今天的行程；跟马的人也才可以领到设在那里的兵站付给的运费。因为我们自己并不携带这笔费用，每天每匹马一块银圆的脚价都是由负责换马的兵站发给的。一般说来马是会游泳的，宋朝甚至有“泥马渡康王”的传说故事。我们的三匹马中的两匹马比较顺利地被赶下江去，像游泳健将似地泅起水来，跟马的藏民则把脱下来的衣服顶在头上，一手抓着衣服，一手拉着马的尾巴熟练地踩水，一人二马一起顺利地渡到了西岸。还有一匹马可能是从来没有见过江河，或者是脾气别扭，死活不肯下水。没办法，只好牵他同我们一起上船。好在这只船比较大，是许多张牛皮缝合在一起的，能够容得下这匹马和我们一行三人再加上一名划船的桨手，虽然很挤，却也能各就各位。人马上齐以后，我发现，船边离江水只有几公分（1公分=1厘米，为遵历史和表述真实性，不予更改，下同），已经处于满负荷的状态。

开船了，我目不转睛地望着一阵阵跳进船来的浪花，一次次擦掉溅到脸上的水珠，那感觉就像是一个不会游泳的人走入了河心，走到了水面齐了下巴的深度。使我担心的是只要这匹马稍一跳腾，使船失去平衡，江水淹了进来，那可就有全船覆没的危险了。而且那个年代是没有救生衣的。当时的处境，恰如有的战士用玩笑式的顺口溜所形容的：“牛皮船是饭碗，我们好比是稀饭。”如果这个碗端不平，就会把我们倒到江里去。

好在这匹马站在牛皮船的中间一动不动，老实得像一座雕塑。真的，马是通人性的动物，它懂得接受什么、拒绝什么；懂得目前危险的处境，懂得要和主人共患难。关于这一点，骑兵们给我讲过不少感人的故事。在甘孜，我看过骑兵和战马的表演，譬如，一个战士骑在马上冲锋，突然“中弹”负伤，从马上栽了下来，那马就立即调头回到战士跟前，卧倒在战士身边，还用脊背蹭它的主人，直到那战士挣扎着爬上它的脊背，它才小心翼翼地站立起来，掉头跑回自己的阵地。

为我们划船的是一位藏族小伙儿，他个子不高，但身体十分健壮，他把袍子的上身褪下，露出古铜色的皮肤和两臂的腱子肉。面对滔滔的金沙江和一船人的生命安危，他的镇静几乎达到了无所谓的程度，看来是划牛皮船的老手了。他用双手划着单桨，左一桨右一桨地保持着船的前进方向，不致使这个圆形的东西原地转圈。遗憾的是，第一次冲击江心疾流时失败了，被浪涛打了回来，我们的牛皮船不但仍旧被阻挡在主航道的东侧，而且被冲到了下游离渡口较远的地方。划船手（我记不得他的名字了，权且这样称呼吧）歉意地笑了笑，把船靠到岸边，我们下船以后，他以大力士的姿态把船顶在头上送回到刚才登船的地点，让我们和马再次登船，向江心作第二次冲击。

第二次成功了，我们到达了西岸的岗托。按现在的行政区划地图讲，我们这时才真正进入了西藏。而按当时的地图看，它属于西康。

在兵站安下住处，西天的太阳依然在蓝天高照，我们抓紧利用宝贵的时间，到江畔高坡的烈士墓前，去凭吊新坟中的不曾相识的战友。这些同志都是在抢渡金沙江时牺牲的。在我们一路经过的屋墙上，还可以看到累累的弹痕。

1950 年 10 月 7 日，我进藏大军的正面一路的部队，包括军侦察营、工兵营和五十四师炮兵连，进行了抢渡金沙江占领岗托的战斗，指挥员是十八军侦察营营长苏桐卿和军直政处处长王达选。我军采取的是正面牵制与侧翼偷渡相结合的战术。藏军第十代本（团）则以两个甲本（连）的兵力，依托小石山和三层楼房组织起居高临下的防御火力配备。

对于藏军，我可是有着极深的印象的。因为我不但看过有关他们的许多文字材料，而且同他们碰头打脸地生活过将近四年时间,其中有一年多我的住房和他们的一个团（即第四代本）的兵营仅有一墙之隔。

我见过国民党的军队，我亲眼看到过他们怎样作战，怎样被我军击溃或消灭；进军四川以后，我还参加过改造以裴昌会先生为司令的起义的第七兵团的工作。我也见过土匪刘黑七的部队,他们腰插双枪,吓得老百姓纷纷闭户关门,如同躲避狼虎。我无数次地见过日本侵略者的军队，他们在扫荡我的故乡中的奸淫烧杀一直令我怀恨在心。我还见过美国的、苏联的、印度的、罗马尼亚的、马其顿的军队，可以肯定地说，没有一支军队在 20 世纪的中叶还保留着这样多、这样明显的原始的特点。

这支藏军的正式成立，是在清朝乾隆年间。乾隆五十七年（1792 年），福康安将军率军击退了入侵到西藏日喀则的廓尔喀（即今之尼泊尔）军队以后，为了保卫国防的需要，经奏请皇帝批准，组建了西藏军队，和驻藏的汉军统一由朝廷的驻藏大臣管理，由驻藏游击都司守备官直接指挥。当时共编制了六个代本（相当于团），下设如本（营）、甲本（连）、定本（排）、久本（班）。到了清道光二十五年（1846 年），当时的驻藏大臣琦善把藏军交由西藏地方政府管理，但教官由清军的军官担任。这支军队曾经在1904年反抗英军入侵时书写了英勇悲壮的历史，出现了拉丁色代本等众多的英雄人物。辛亥革命爆发以后，驻藏川军钟颖部哗变，闹到民国元年（1912年）9月，西藏地方政府中的亲英势力，制造了第一次“驱汉事件”，清军被经由印度遣返回内地。于是借此机会将藏军扩充为十个代本，由英国军官担任教练。从此以后，这支曾有过维护祖国统一、反抗外国侵略的历史功绩和光荣传统的藏族军队，就走向了自己的反面，沦为了“反汉独立”、分裂祖国的工具，在1949年的第二次“驱汉事件”中、在1950年阻止解放军进藏中、在1959年的武装叛乱中，都与广大的西藏人民的愿望背道而驰，在佛教圣地上留下了罪恶的记录。

下面我来列举一些藏军的原始特点：

藏军实行的虽是按拥有耕地面积的多少征兵的制度，但是占地最多的贵族自己是绝不当兵的，他们可以指派他们的农奴以支差的性质入伍。其他富户也可以花钱雇人替代当兵。士兵多是来自前后藏的农牧民，一当就是一辈子，叫作“辈子兵”，有的还要世袭，老子当到头了要叫儿子来顶替。在我看到的一份材料中，藏军士兵年龄最大的是69岁。

代本以上的军官必须由达赖喇嘛批准任命，必定由贵族来担任，除了发生特殊事故不准更换，因为贵族是世袭的，所以代本的职位也可以世袭，比如第七代本就世袭了三代。平民出身的人最高只能当到如本，而且是极个别的。

藏军的待遇，到解放前夕，马基（即司令，设一僧一俗两位）和代本的年薪是藏银900两，折合袁大头银圆60块，另外还有酥油、青稞、盐、茶、碱等实物。士兵的年薪则只有藏银九两，不到一块银圆的三分之一。只是每月发两克青稞（大约合 50 市斤），基本上可以吃饱。

士兵如果逃亡了，要由原出兵户重新派来一个补上。士兵如果损坏了枪支，要由原出兵户赔偿，每支枪要赔 200 到 250 块大洋，损坏了枪支的士兵本人还要挨 300 皮鞭。

他们没有会议制度，也不发文件，一切工作任务都靠口头传达布置。

他们要请假时，必须向上一级长官送钱、献“哈达”，才会获得批准。

他们没有规定的军礼，见了上级只是脱帽、伸舌、弯腰，做不敢正视状，以表示十分敬畏。若是见到大官则需要回避，如老鼠望见猫来一般。

他们没有训练制度，除了第一代本（即达赖警卫团）和第二代本（即成立于乾隆五十七年由汉人训练的部队，系藏军主力）每天早上升旗出操以外，其他代本只是在中午和晚上以连为单位集合，由格更（负责念经的人，班级待遇）带领念《观音经》一次约半个钟头，顺便清点一下人数。

他们的官兵关系简直就是主人和仆人的关系。军官任意克扣士兵的薪饷，吃空名子，打骂下属，甚至随意奸污士兵的妻女。士兵在内心里普遍地仇视军官。

他们同老百姓的关系极为恶劣。这支由贵族领导的维护贵族利益的军队，必然地视人民为奴隶。敲诈勒索、抢劫财物、乱派乌拉、强奸妇女，可以说无恶不作。藏军外出执勤，都要向百姓分派“乌拉”马匹，规定代本可征用民马 12 匹，就连久本（班长）都可以征用一匹，全都分文不付。如果达不到规定的马数,还要折成钱向老百姓索要。他们看上了谁家的姑娘，就把皮鞭子挂在谁家的门上，到晚上这家的姑娘就得遵命去和他们睡觉，不然，第二天少不了挨一顿皮鞭。解放军进藏时，藏族群众巴不得快将他们全都消灭。比如昌都战役以后，第七代本率领残部 30 余人西逃，驻扎在洛隆宗。当地的藏民和喇嘛都派出了代表来欢迎我军并报告情况,第七代本却毫不知情，懵懂中做了我奔袭部队的俘虏。

他们几乎无纪律可言。我曾亲眼不止一次地看到，他们执行站岗任务的士兵，把枪立在哨位上，人却一走了之，或是去做生意,或是去赌钱,或是去干别的什么事情,长时间地不回来。

藏兵也大多带有家眷，但不住在营内，而是在营门外。我们西藏军区文工团在拉萨和第四代本（它的代本名叫尕嘎·索朗多吉）住邻居的时候，两家大门前的广场上就搭着许多藏军家眷的帐篷，因为贫穷，多是一妻多夫，即几名士兵养活一个老婆。帐篷内外又脏又乱，是再典型不过的贫民窟了。我曾问过一位妇女："你有好几个丈夫，有了孩子算是谁的呢？"她笑着回答说："这很容易嘛，生了第一个孩子把年龄最大的叫阿爸，按照年龄排下去呀。"在民间也是如此，即婚姻状况与经济状况是一致的，有钱人可以一夫多妻，一般人都是一夫一妻，穷人则只能多夫一妻了。

藏军军官生活之腐化，我也是前所未闻的，比如代本每天起床和睡眠时都要奏乐。

他们的军旗是以英国的国旗作底子,绘上雪山和一头狮子,是地道的帝国主义侵略的产物。列队出行时，奏的军乐是《大英皇万岁》和《桃花江是美人窝》。他们使用的武器（包括步枪、机枪和大炮）也是英国的。但多是第一次世界大战时遗留下来的旧家伙。

他们的战斗力可想而知，诸如战略战术、指挥机构、作战地图、火力配备、工事构筑、战斗动作等等不是根本谈不上就是远不及格。战前先打卦问卜,择选吉日良辰,打仗时背着“嘎乌”（护身佛），念着佛经咒语，手持銮铃，摇旗呐喊，虚张声势，不讲队形。胜则猛冲猛追，败则各自逃亡，犹如塌窝之蜂。如本以上军官的指挥部位距离部队很远，既不能观察情况，又不能掌握部队，单靠听战报行事，只不过便于败时早窜而已。

现在，我再回过头来追述一下解放岗托的战斗。有些情况在当时是没有对外披露的。

那时的藏军已经扩充到了 17 个代本，总兵力号称一万七千人，其实真正具有战斗力的大约只有六千人，其他多是家属和“空名”。西藏地方当局为了阻挠解放军进藏，在通往云南的芒康驻守了第九代本，在通往青海的黑河（那曲）布置了几个代本，而将大部主力悉数布置在了通往四川的中路一线，岗托是他们最前沿的阵地。

1950 年 10 月 7 日拂晓，根据预定的战斗部署，我侦察营三连从岗托上游的十公里处偷渡金沙江，但是由于过江以后在向岗托进行迂回的途中迷了路,没有能够发挥原定的战斗作用。从正面进攻的侦察营一连，因为渡江器材不足，直到快天亮时才渡过去一个排，而且很快被藏军发现了，遭到了藏军火力的压制。此刻，我军正处在半渡之中的牛皮船全部暴露在藏军的视线和射程之内。战斗之前，江东的藏民们根据我军的绝对优势和藏军的绝对劣势，都肯定地说 :“你们一去，他们就跑了。”我十八军作为参加过淮海战役，又渡过长江解放了大西南的一支劲旅，面对藏军这样一支近乎原始的部队，很容易产生轻敌情绪。事实上，藏军见到我军正面渡江时并没有不战而逃，他们纷纷依托房屋门窗猛烈射击我江中的牛皮船，一时弹如雨下，我军因为缺乏操作牛皮船的技巧和经验，水流又比内地的江河湍急，不能很快拢岸。我军的大炮本来在进攻前夜都已经进入江东山上的阵地，炮口直指江的西岸，完全可以及时开炮以压制住对方的火力，有效地掩护部队渡江。但是刚打了几炮，当时的指挥员望见藏军占据的全是民房，唯恐开炮造成民房的毁坏和藏民的死伤，不敢对居民区继续动用重武器。有的战士不幸中弹，有一只牛皮船翻沉，共有 20 多位同志牺牲。待我军重新组织火力后，才把敌人压住，我一连乘机猛攻，将敌击溃并逐出岗托。次日，我军在追击逃敌中，击毙了他们的一名甲本。这次战斗，虽然首挫藏军，但打得不算漂亮。

我同陈野民、赵骞肃立在一座座新坟前，听有声的江水向无声的夕阳诉说烈士们生命的辉煌。我们没有鲜花，也没有哈达，只是默默地、默默地站立着。明天，我们又将出发，用双脚去丈量他们未能踏上的金沙江以西的国土，代他们播撒对于藏族人民的爱情。

我在西藏的八年里，先后写过三首悼念进藏烈士的诗 :《花环》《致无名烈士墓》和《写在花圈上》。我对他们有寄托不尽的哀思。

十三、迷路在风雪深山

雪窝中找不到下山的路——求救的枪声——藏民指引与借宿藏家——风雪夜房东自己睡露天——可爱可敬的才扎——《生达社会调查》——我十九岁的生日在马背上度过——恋家的马

离开岗托向西，同时也就是离开江岸上山，一路上坡，很快就进入了一道山谷。谷中有许多奇木怪石和阳光照射不到的角落，常有不知名的小鸟在我们的身边飞落，没有一点怕人的样子。走出山谷，就登上了又一座大山。这座山名叫矮拉，说起来也确实不算高，海拔才4000公尺多一点，而且并不十分陡峭，没有什么悬崖绝壁，看起来倒像是一笼大馒头。

我们今天预定住宿同普兵站，离岗托不到九十华里。没想到中午过后，漫天大雪纷飞，迷得连眼睛也难睁开，好不容易到达了山顶，那里的雪更大更深了，一直没到了膝盖以上。我们既看不清方向，也找不到下山的路，只能在雪窝里打转悠。我记不得那天是没有人跟马呢，还是跟马人自己早已经直奔同普了，反正寻不见任何向导。如果到天黑还下不了山，可就无处安身了，因为这里不同于雀儿山顶，没有可以避风的石崖，没有无雪的死角，除了厚厚的积雪什么也没有，根本找不到可以支帐篷宿营的地方。

我们三个人商量的结果是，分头向三个不同的方向去寻找下山的路，谁找到了，就鸣枪为号，其他两人就到枪响处会合一同下山。于是我们立即照此行动。

大雪继续飘落着，我拉着我的马独自在积雪中跋涉，要找到坡缓雪浅的地界才会有下山的路，即使埋没在雪中也不难踏出来。过了一会儿，我回头再望时，已经不见了他俩的踪影。忽然，刮过耳边的大风送来了“啪！啪！”两声清脆的枪响，我听得出是赵骞的二号驳壳枪的声音，他这么快就找到了下山的道路，真是令人高兴。我立刻向枪声响起的方向奔去。当我走到他的身边时，那景象把我惊呆了，他的马掉入了很深的雪窝中，他则被死死地压在马身子底下，那马的四蹄肯定已经触不到地面，使不上力气，它自知压倒了远来的客人，拼命用嘴巴作为第五条腿拄着想站立起来，嘴里的鲜血已经染红了一片白雪，两种颜色的对比是那样强烈，至今回想起来还映照着我的眼帘。但是马的挣扎却是徒然的，它的嘴喷着血沫，喘着粗气，十分的可怜。赵骞的大半个下身好像也变作了马身子的一部分，一点都动不了，只有右臂露在外面，手里还握着那把驳壳枪。他喘着粗气，脸涨得通红，充满了焦急和愤怒。他对我说：“这匹马把我压坏了，我真想把它枪毙了，可又一想，把它毙了，反而把我压得更死，更起不来了，我只好朝天鸣枪，向你们求救。”这时，陈野民也闻声赶到，我们二人一前一后，连抬带拉，终于把马拽出了雪窝，将赵骞救了起来。他倒是没有受什么伤，那匹可怜的马的鼻子和嘴却流了更多的血。

我们不再分开，一同小心地找路，但依然如同盲人瞎马。眼看天色就要暗下来了，真不知如何是好。人困马乏，又冷又饿，举目四望，天上黑漆漆，地上白茫茫，方向不明，路程不知，使人感到大自然的巨大而有力的手掌是渺小的人类绝对无法摆脱的。绝望中，突然出现了一位脚步匆忙的过路藏民，他像天神下界一般指引我们结束了鬼打墙式的山顶盘旋，使我们终于在天黑时分下了山，摆脱了可能被冻死的困境。

天已经完全黑了，荒山野坡之中，不知栖身何处。真应了天无绝人之路那句话，我们远远望见在山脚下的坡地上有一缕萤火般的微光，走近一看，是一座小土屋，里边正冒出牛粪炉火的气味。我们又一次得救了，恳求在此借宿。房主只有一人，是一个长相普通的中年男子，名叫才扎，他帮我们从马上卸下了行李，搬进屋里，又把马牵走，抱去了一些草料，他没有说什么话，而是用行动表明接受了我们的请求。他的话很少，也没有表现出特别的热情，不像是接待远来的稀客，倒像是对待天天住在一起的家人。我们围在炉边吃自己携带的军粮，并请他一起进餐，他摇摇头："吃过了。"站起身说："你们就睡在这里吧，有炉火，暖和。"我问："你睡在哪里？"他嘟囔了一句："我另有地方。"我们再没有细问，也不好留他，因为这间屋子实在是太窄小了，睡不下四个大男人。才扎表情平淡地走了出去，我想他会有另一间屋子的。

这一夜，我们睡得香甜极了，由于年轻体壮，次日清晨起来，和雪山搏斗了一天的疲劳一扫而光。我们收拾好行装，去找主人告别。走到屋外，满眼一片银白，才知道夜间又下了大雪。我们四处巡视，除了这一间小屋，四周再没有任何建筑；除了屋后的马匹，没有任何人的踪影。主人才扎到哪里去了呢？他能到哪里去呢？我们正在纳闷时，忽然发现屋前的角落里有个不大不小的雪堆，形状很像卧佛。只见那雪堆动弹了一下，一个人掀掉了羊皮袍上的积雪站了出来，他正是我们的房东才扎。大概是我们的动静吵醒了他。他揉揉眼睛，见我们要走，就去为我们牵马，那表情依然如昨天般平淡。他的行为完全出乎我们的意外，使我们感动得说不出任何话来，他为了让我们睡得好，在风雪之夜，把暖烘烘的炉火和挡风遮雪的小屋腾给了我们，自己在雪地里冻缩了一夜，而且自视十分平常，就像这无声无息的雪花，甘愿悄悄地融入它所爱的泥土，全不在意暖春的花朵是否会记起它当初曾经有过的晶莹。

我是记得他的。两年以后，我随修筑康藏公路的部队转段行军时又曾步行路过此地，我又望见了那间小土屋，我豁出去掉队以后再独自追赶队伍，大步走上山坡，去看望我的房东。在明亮的阳光下，我一眼就认出了才扎，他正在同几位藏民商议着什么，像是主持会议的样子。我高兴地和他打招呼，提醒他"我在你家住过。"他平静地望了望我，那表情说明，他不但不认得我，而且也完全忘记了有过三位军人曾经在风雪之夜到他家借宿。他似乎一点也不理解我的来意，又好像在心里嘟囔着：那算什么，也值得两年之后又跑来感谢么？他转过脸去继续同别人谈话。这令我大失所望，甚至不知所措，只是下意识地拉了拉手中的背包带，下山去追赶队伍。一边走，一边后悔没有向他行个军礼。

我只好用我的笔来表达对于才扎的感谢和敬意。很快地，我写成了一首小叙事诗《投宿》，不过，为了艺术感染力的需要，我把才扎改为一位老阿妈了，情节也加了虚构。我将这首诗收在了 1957 年重庆出版社出版的我的第二本诗集《拉萨的黎明》中。之后，我又在 1995 年为《中国西藏》写的文章中，叙述了投宿才扎家的经过。我纪念着他，是因为我从他的身上进一步认识了这个可爱的民族。

令人心痛的是，这个可爱的民族，由于社会制度的原因，长期过着苦难的生活。就在离我这次投宿之地并不很远的北面，有个地方叫生达，我保留了一份别人做的《生达社会调查》，有些历史的参考价值，摘录如下：

整个地区每年要向德格土司无代价地贡献一张狐皮，两头牦牛，一匹马。生达的老百姓每年要送每户头人小羊皮四张，绵羊两只，牦牛两头，还有酸奶等等，每养一头牛得交一斤酥油。

牧民们忍着饥寒，在深山野谷中挖来的贝母、虫草等，也要白交给头人至少十分之一，其余的全部由头人廉价收买。

曲郎头人有五六十口袋种子的青稞地，全部由老百姓无代价地替他耕种。

老百姓如果有纠纷要请教头人，必须送哈达或酥油、牛肉、奶子等礼物，哈达上得放上两三块藏洋。如果判定双方有错，所有罚金和礼物都归头人所有。

1950 年 5 月，西藏当局为阻挠我军进藏，派藏军第三代本进驻了生达，每天要给他们派二十匹马的乌拉，如本每天十匹，甲本每天五匹，连司号员也要一匹，不管有事无事，每天都要如数备齐，听候使有。

人民的生活普遍贫困。如蒙巴尔瓦的 120 户人家中，将近三分之一没有牛羊，有青稞地的只有 13 户。此处青稞地极少，多是山脚、河边的小块，土质是略带粘性的泥沙，隔一年种一次，最好的年成也只能收获种子的四倍。由于地势高寒，青稞容易遭受霜打，那就连种子都收不回来。

一头奶牛，一年最多只能生产 12 斤酥油，一般只有七八斤，一个人要有五头奶牛才够生活。而牛羊百分之八十五都集中在头人和寺院的手中。牧民一年四季穿着一件老羊皮袄。没有了吃的就流浪到外地去乞讨。夏天住的是破烂的牛毛帐篷，冬天住在用牛粪和石块砌成的小屋里。

英国货在各种商品中占主要地位。生意人多来自昌都、玉树等地。喇嘛是主要的坐地商户，收购本地的麝香、狐皮，换取纸烟、茶叶、布匹。

生活日渐贫困的标准之一是，今年过年请喇嘛念经的从一百五六十人，减少到了五六十人，因为念经需要花费牛肉和酥油。

4 月 23 日，也就是从才扎家出发的当天，我们到达了同普。这地方因为设有兵站，海拔又较低，只有 3500 公尺，所以也有点儿小名气，其实是个只有四五间房屋的小村子，坐落在一道山谷中的小河的西岸。

4 月 24 日，我们到达了卡贡。这一天，按阳历计算是我满 19 周岁的生日，碰巧的是，这一天是辛卯年三月十九日，也正是我阴历的生日。但是我当时并不清楚这种巧合，而且在那个年代大家也不兴过什么生日。尤其是军中的小青年，谁也不提生日的事。对我来说只有一次例外，也是算一种特殊情况，就是在我年满 18 岁的那天，我们住在成都的玉带桥，由于我是我们战斗剧社文学队里年龄最小的一个，不知是哪位发起的，大姐大哥们让我过了一次生日，还送了一些小礼物，着实“热闹”了一番。

这个难得阴阳历重叠在一天的生日，能在进军西藏的马上度过，虽然静悄如平日，也是很有意义的，我不禁想到了“壮哉”这个词。

25日到达了足雍（也有写为“觉雍”的）。

26日到达妥坝（海拔3950公尺）。

27日到达热亚。在热亚休整了一天。

29日到达了重镇昌都（即察木多）。在这四天的行程中，我们连续翻过了宗义拉、雪霁拉、甲皮拉、达马拉四座大山，后两座大山的海拔分别是4950公尺和4850公尺。由于强劲的山风逐日刺脸和强烈的阳光紫外线的照射，我们的脸都变黑了，而且在脱皮，从鼻梁和颧骨开始，然后是额头，大概这三个部位比较突出，离太阳更近一点吧。

这几天，真有点像章回小说里所写的“晓行夜宿，一路无话”。我只记得，发生过一件过去从未碰到过的事，至于在哪个地点却记不得了，那就是有一天我骑了一匹十分任性的、无组织无纪律的马。刚从兵站出发不久，大概才走了不到十里地，我的坐骑忽然离开了正道，向一条小小的岔路疯狂地跑去。此马的这个意外举动，使我因为毫无思想准备而手足无措，也无法理解这是怎么回事，不知道它想干什么。任凭我怎样用力勒缰，想拉它回来，它全不听命，只是一股劲儿地向前跑，眨眼间跑进了一个小村子，它还不减速，一直朝着一座低矮的马棚钻去。刹那间我虽然看出了那马棚的高度肯定低于我骑在马上的高度，但是已经来不及跳下马来，急忙低头弯腰之间，只听“砰”的一声，我的头盔被撞落了，背在肩上的卡宾枪的皮带也断了。这时，那匹马也老老实实地站住了，因为它已经到达了目的地，站在了它的槽前。我又好气又好笑，原来兵站是从这家雇的马，这匹马肯定没有离开过家，又特别恋家，路过家门时，想家之情大发，像孩子一样淘起气来。所幸我没受伤，只是耽误了一段行程。

十四、在昌都

兼有虎气、鹰势、蝶形之地——扎曲和昂曲二河在昌都汇合为澜沧江——昌都战役敲开了和谈之门——阴法唐政委的节日宴会——巧遇两个人：葛洛，侯宝林

昌都被称为康西重镇，因为它是从内地通往西藏的咽喉之地，具体地说是通往川、滇、青的枢纽。我们一眼就能看出它的形势是多么险要。它的海拔不高，才 3193 公尺，但它高踞在大山阳面的腰间，像一只将要纵身前扑的猛虎。在它的左右两侧的山谷中，是两条从它的背后怒吼而来的雪水融化而成的河——扎曲和昂曲，如果把它们和昌都城合起来观望，就又像是一只展翅向下俯冲的雄鹰了。再走近些看，它的错落有致的强巴林寺院和民房，构成了天上的市街，是实实在在的空中的楼阁。扎曲和昂曲流到它的身下时，分别被两座桥架通了天堑，东南方扎曲河上的桥通向四川，叫四川桥，桥头的坝子叫四川坝；西南方昂曲河上的桥通往云南，叫云南桥，桥头的坝子叫云南坝；两河两桥两坝自然地构成了对称美，从对称的角度看昌都，则又像是一只落在山野间的伸展着双翅的巨形蝴蝶了。两条河从昌都的东西两侧通过两桥以后，在昌都的脚下汇合，自此有了一个新的名字——澜沧江。它绕过千山万壑不息地南

流，告别西藏，进入云南，经过西双版纳的首府景洪，流入老挝以后就叫作湄公河了。

当时的西藏地方政府,是被亲英的非爱国主义势力把持的。中央人民政府虽然派过几路劝和代表并通过各种渠道劝告他们到北京谈判和平解放西藏的问题，但都遭到阻挠和拒绝。他们决意用武力抵抗祖国大陆全境的解放和统一。除了在藏北的黑河（那曲）一线布置了相当数量的藏军，又在金沙江至昌都正面陈兵十个代本，号称七八千人的兵力，妄图凭借天险与解放军进行决战。于是我军不得不实施昌都战役。

昌都战役从 1950 年 10 月 6 日开始实施，经过大小 20 余次的外围战斗，10 月 19 日，我军已兵临昌都城下。藏军无力也无心守卫昌都，经电示西藏地方政府，准许他们撤退。当他们西撤到离昌都不远的竹阁寺时，发现我迂回部队已经切断了他们的退路。只好派了两名藏军骑着马，高举着哈达来到我军中联络，受到我军的欢迎。藏军总指挥于是下令西逃的两千七百余名藏兵，连同数十名军官，十几名四品以上的官员和四名英国人全部放下武器。昌都于 1950 年 10 月 21 日宣布解放。

昌都战役使藏军的大部主力遭到歼灭，使西藏的分裂分子进行武装抵抗的信心严重受挫，因而打开了和平解放西藏的大门。同时，也扩大了我军政策的影响力，最明显的两个例子是：驻守宁静的第九代本格桑旺堆率部四百多名官兵起义；昌都的两千多名僧兵在我军到达时竟然一枪未发。当时的昌都喇嘛寺，有两位活佛，一位是帕巴拉，即现在的中国人大副委员长帕巴拉. 格列朗杰，那时他 13 岁，我们都叫他“小活佛”。另一位是谢瓦拉。

昌都解放以后，仅是为了遣散昌都的藏军和他们的家属，我们就发放了 510 匹马，两万多块银圆。他们有的感动得跪下叩头，流着热泪称我军是“救命恩人”，“菩萨军队”。

当我们三个后来者到达昌都时，第五十二师师部正驻在城中。师的副政委阴法唐同志接见了我们，并且热情介绍了进军的情况。阴法唐是山东人，是我的老乡。他个子不高，还有点瘦弱，但十分结实，而且精力充沛、头脑精明，遇到问题十分机敏。他有着联系群众、协调关系的才能，在原则问题上态度明朗、说话干脆，是一位优秀的政治工作者。见到他，不由得使我想到我的另一位老乡——古代齐国的晏子。在以后的数十年的岁月里，我又有幸在拉萨、北京、兰州等地见过他多次，更加深了我在昌都第一次见他时的这些印象和感觉。

我们在昌都停了四天，算是一次行程过半以后的小休整，同时也是为了在师部度过“五一”国际劳动节。过节那天，阴法唐同志特地为我们设“宴”。记得共进晚餐的还有魏克、王教、汪洋等同志。他指着摆在桌上的几盘菜，风趣地说：“今天招待你们，有好几个菜，一个是牦牛肉，一个是肉牦牛，一个是牛肉毛。”大家都笑了起来。是的，在那个年代，在那个地方，是没有别的东西可吃的，有牦牛肉吃就算是“打牙祭”了。

从这次以后，在（20 世纪）50 年代的前期，我在昌都住过多次。它的夏天相当热，大概是因为四面的大山阻挡了风的流通。街道上到处有苍蝇飞落，给我以险要与闷热同在、街道与肮脏共存的印象。它的冬天又特别冷，大概是四面的高山遮挡了迟升早落的太阳。有一次在下雪的夜里，我的帐篷几乎被大雪压塌,冻得我当了一夜的“团长”（缩作一团之谓）。当然，这些情景和感受都是那时的物质条件太差造成的。

说到昌都，就会有两个曾经和我在那里相遇的人，引起我的怀念、勾起我的回忆。这两个人一个是军队作家葛洛，一个是相声大师侯宝林。

那时，我和葛洛虽然同在重庆，同在西南军区，但他是政治部创作组的，我是文工团创作室的；他住在浮图关下，我住在浮图关上；再说他是延安来的老作家,我是新参军的小青年。所以并不相识。1951年8月中旬，当我们从西藏前线回到昌都的时候，才第一次拜见了他，并和他同路东返。他举止庄重而又待人和蔼，他思想深沉而又不多议论。从我刚认识他起直到几十年后的多次相见，我对他的这种印象始终未变。

在我们东返的路上，我依然背着我的美国造的卡宾枪，这也是我们一行所携带的唯一的一支长枪。有一天，我们走在一片草原上,见有许多小狗般大小的动物缩起前爪直立在窝门口，战士们把它叫雪猪，其实是旱獭，也就是土拨鼠。它的皮毛特别柔亮厚密，长得浑身滚圆，看来肉质一定很肥美。我用卡宾枪瞄准一只开了一枪，又打高了，这是我的老毛病。那时，西藏的动物是不怕人也不怕枪声的。因为西藏人几乎全部信佛，信佛的人不能随便杀生，所以动物们，尤其是野生动物们是没有躲人躲枪的遗传基因和被打的经验的。我开了一枪之后，旱獭们听若罔闻，原地未动，绝不像内地的动物那样惊恐万状四散奔逃。葛洛被我引发了枪瘾,接过枪去来了个立射,一枪打去，正中旱獭的头部，但它并未立即倒地死亡，而是本能地、习惯地往窝里躲，但它却只能盲目地在窝边打转，被我赶上前去把它捉住以后，它才慢慢死去。我们这才知道葛洛有一手好枪法。

我们把旱獭拴在马屁股上，直到黄昏时分才到达兵站，指望请炊事员给我们做顿美餐，炊事员说他没有弄过这东西，不会做。我们又请当地藏族老乡来做，他们连连摆手摇头，苦笑着拒绝，说是吃不得。我们只好把带了一路的野味丢弃在兵站。若干年后，我想起了此事，特意查了辞典，才知道土拨鼠是鼠疫、布氏杆菌和兔热病的传播者。

同葛洛重逢，竟是相隔20年后，在北京黄土岗胡同他的家中。那时，我已长期被剥夺了创作的权利、自由、条件和心境，当然也长期没有写诗了。他是复刊不久的《诗刊》主编，我拿了几首刚写的小诗交给他看，待他看过以后，我只问他一句话："你看我还能写诗吗？"因为这时我已经自己不认识自己了，就像是一个被缠了几十年小脚的女人，把裹脚布解掉以后会问"我还会走路吗？"我从葛洛的表情上明显地看出，他对我这种失掉自信的问话甚感意外，斩钉截铁地回答我说："当然能！"正是从他那里，我似乎得到了某种鉴定、批准或再度确认：折磨了20年，你依然是诗人。为此，我对他的怀念永远包含着感激。

侯宝林的相声我是很爱听的，他的大名可真是如雷贯耳，但是对他的长相却一无所知，因为那时候没有电视，所有戏剧、音乐、曲艺节目，如果不能去剧场，就只能从收音机里听，只闻其声不见其人。我更没料到能和侯大师在西藏的昌都相遇。

那是在1954年的早春，我完成了解放军电影制片厂的借调任务，从北京回到重庆之后，随同"全国人民慰问人民解放军代表团康藏分团"入藏。记得团长是裴光同志，我的《打通雀儿山》就是他首先引用到他的汇报文章中发表于《人民日报》的。当时他并不知道作者是谁，是当作进藏战士诗来抄录的。

当时我知道，慰问团中有志愿军的模范护士张丽人，有著名曲艺演员侯宝林、魏喜奎。我们分乘许多辆军用卡车碾冰冒雪逐日前行，相互并不认识。在昌都以东的一个兵站吃饭时，我和几个慰问团的同志蹲在了一桌，其实就是在露天蹲在空地上围着一盆菜，因为那时的兵站既无饭厅也无桌凳。这时唯独有一个人不蹲，而是盘腿坐在地上，犹如菩萨打坐在蒲团。我见他面容特别和善且富有幽默感，便悄声问我身边的熟人："盘腿坐在我对面的是谁？"不料盘坐者的耳朵和眼睛都很灵敏，不等别人回答我，立刻用食指按着自己的鼻子尖儿，冲我一笑，自我介绍说："侯儿宝儿林！"我们就这样认识了。他让我为他提供创作相声的素材，我却始终没有做到。在他去世之后，我曾写过一篇纪念文章《1954：侯宝林在西藏》，发表在 1993 年 2 月 27 日的《文艺报》上，收入了我的散文集《从西藏到东欧》。

十五、先遣部队遭遇粮荒

飞机飞入“空中禁区”急救粮荒——喇嘛围着降落伞念经——一袋糌粑——“杜鹃唤来了春天的甘露”——拉萨当局的阻挠与“饿困政策”——西藏贵族的来源及其政治特权——李觉将军

“五四”青年节这一天，我们告别昌都继续前行。从昌都西北方向30多里的地方跨过昂曲（河），河上有一座大木桥，地名叫俄洛，也因此又叫俄洛桥。这一带地势比较开阔，原有36户人家，因为交不起繁重的赋税，逃得只剩了15家，是属于昌都藏传佛教寺庙的农奴。

俄洛也是我空军为进藏的先遣部队进行过空投的地方，第一次空投是在甘孜。

在那年月，飞机的性能、导航的设备，同今天相比其落后程度是可想而知的。我们的年轻的人民空军，硬是冒着机毁人亡的危险一次次往西藏的“空中禁区”冲击，取得了试飞的成功。先后在甘孜地区和昌都地区进行了空投，为缓解进藏部队的供应做出了重大贡献。

1950年4月28日我进藏先遣部队到达甘孜以后，遇到了进藏途中的第一次粮荒。他们从雅安出发时每人所背的大米和干粮都已经快吃完了。因为毛主席有指示："进军西藏，不吃地方。"所以不能就地征粮派粮。部队只好用挖野菜、草根和捉麻雀、地鼠来充饥，后来由于尊重藏族因信奉佛教有放生习惯的风俗，停止了对鸟鼠的捕食。当时部队领导请该地的上层人物先借一些粮食，向他们保证说，等飞机运来了粮食一定如数归还。但他们说我们是吹牛，他们说："红军来的时候连头骡子都没有，你们哪里来的飞机？"还造谣说我们是被打出内地的一股杂牌军，是来这里找饭吃的。硬是不肯借。部队只好用有限的银圆买了一部分粮食来救急。后来，我们的飞机果然飞抵甘孜上空，成功地进行了物资空投。他们的态度就变了，主动来找我们询问买不买借不借粮食或柴草。

在甘孜度过的近一个月的挨饿生活，给战士们留下了深刻的印象，也受到了执行民族政策的考验和军民关系的教育。一方面是上层人物看我们的笑话，一方面是劳苦群众对我们的深情支持。不少藏民在夜间瞒着贵族给我们送来自己也舍不得吃的糌粑、元根、酥油和风干牛肉，他们有的人只是把东西悄悄地放在战士的帐篷门外，并不照面，更不留下姓名。关于这段生活，当时任五十二师师长的吴忠还写了一首歌词，头两句就是"不能忘啊不能忘，甘孜一月永远记心上。"而这次粮荒正是靠空投缓解的。

举行昌都战役期间，我军由于实施长途奔袭，迂回包围，本来就十分困难的补给运输更加紧张，部队又一次遇到了严重的粮荒。

在此以前，昌都地区的藏民连汽车也没有见过，更不知飞机为何物。当我军的运输机在俄洛上空轰鸣盘旋的时候，人们不会想到天上能有这种怪物出现，因而它引发的地面上的情景也是从来未有的。

当飞机的轰鸣从远方的天空传来，当地的藏民听到以后就非常惊疑，因为天上万里无云，绝不可能是雷声。人们纷纷跑出来，瞪大双眼，向高空四下张望。随着机声的越来越响，人们脸上的表情也越是紧张，他们无法想象天上究竟发生了什么事情，将要出现什么神怪。当飞机进入他们的视线之内时，那巨大的身影在强烈的阳光下闪出刺眼的亮光，它一边盘旋着，一边发出震天动地的吼声。所有的僧俗人等都恐惧地缩着身子，呆若木鸡。忽然，从天上的那个庞然大物的肚子里，掉下来一串东西，很快又变成了一朵朵洁白的莲花。这必定是菩萨下界了，这可是世世代代只能梦想而不可能真的见到的景象。不用谁带头，更不用谁下命令，哗的一声人们齐刷刷地跪倒了。

降落伞挂着麻包相继落在了空投地点，那里边分别装着大米、大豆、罐头、猪油、银圆、花生米、酱、茶叶……后勤方面把进藏先遣部队急需的东西都投来了。人们远远地望着，都不敢进前观看。只见有十几个喇嘛从寺中匆匆赶来，他们自信是会受到神的抚爱的，敢于走向前去，围坐在降落伞和麻袋包的四周，规规矩矩地念起经来。直到部队的战士过来把降落伞解下，将麻包打走，他们才停止了诵经。

我们的战士在忍饥挨饿的日子里，依然模范地执行着《三大纪律八项注意》。广大藏民也正是从解放军的行动上来认识解放军的。这里我要讲一个真实的小故事。

昌都战役之后，由于战线拉长了，时间又已进入了雪封山的冬季，运输更为困难，补给不能及时赶上，进藏先遣部队每人每天只能吃四两代食粉，加一点买来的牦牛肉和蔓茎（当地叫元根）。有的连盐也吃不上。当时提出这好比是在打“第二次昌都战役”。一五五团驻在恩达，有钱也买不到吃的东西，更是饿得厉害。有一天，一位班长在路上拾到了一袋糌粑，战士们高兴极了，可以饱餐一顿了。班长考虑，这袋糌粑可能是藏民不慎丢掉的，那他会多么难过啊！我们一口也不能动。过了不多一会，果然有一位骑马的藏民来寻找，战士们把那袋糌粑还给了他,并对他进行了我军“不拿群众一针一线”的宣传。那位藏民再三表示了他的感谢和感动。

我自小缺乏数学天分，又由于长期从事形象化职业，所以很不喜欢在文章中罗列数字。但也不可否认，有的时候数字是能说明问题的。下面是进藏先遣部队的一个连队在一个藏族村庄住了四个月为藏民做好事的数字统计：

给11家房东担水2588担；打柴草13740斤；组织铁匠、木匠生产，替他们扛木料41趟；背粪下地施肥38次；做楼梯6个。至于送藏民针线、肥皂、毛巾，给藏民治病，为藏民理发，帮助干农活，召开征求意见会等，则没见有数字统计。这样的军队，当地的藏民能不把他们视为一家吗？他们上山放牧，就把家里的钥匙交给战士。一位叫布洛的房东，能叫出二排30个战士的名字来。副连长要调走了，家家烙了饼子送行，一位老阿妈家里太穷，烙不起饼子，就哭着来给副连长缝补衣服。一位铁匠竟为此哭了两天。副连长集合全连同志和藏民们作告别讲话时，自己也哭了。

当时根据西藏的实际情况，不准宣传阶级斗争，特别强调团结上层，但是贫苦群众还是感觉到了我军是和他们站在一起的。他们说：“我们盼望你们，就像春天的杜鹃呼唤甘露。”“解放军来了，晚上可以安稳地睡觉，白天可以自由地晒太阳。”

这就是十八军和西藏人民群众之间的关系，是有口皆碑的军民关系。

而西藏反动上层集团是怎样对待这支不辞千辛万苦前来完成祖国统一大业的军队的呢？

前面已经讲了，他们用武力阻挠解放军进藏，招致了在昌都战役中的失败。同时，他们也使用了思想的武器。

我从《吐蕃世系明鉴》上查到，松赞干布时代的道德教训中有这样的规定："有疑而不决之事，依神言为断。”他们则利用这一条，表演了不少抗拒解放军进藏的闹剧。

当时，有人从拉萨来，讲述了这样的事：

拉萨哲蚌寺的金顶上，有一个铜狮子的嘴里突然流出水来。喇嘛们请神来解释这种奇异现象，神说："那是因为将有大批汉人来藏。”喇嘛问："如何才能阻止？”神却说："不知道。须去问杀巧谷马。”杀巧谷马是个活佛，也是个地方官。他打卦以后说，也没有什么好办法，只有用“咒”来阻止汉人。于是三大寺的喇嘛们用糌粑做了一些“崔马”（鬼），用大锅熬上酥油茶，念经七天七夜以后，把茶锅扣翻过去，再念三个昼夜，然后把大锅翻过来，见到有汉人的军帽和手印、脚印。他们非常欢喜，以为这样就把汉人给咒住了。

不久，我们又听到了另一个消息：拉萨小昭寺里的铜佛，两只脚忽然翘起来了。清朝末年赵尔丰率兵入藏时，铜佛才伸出了一只脚，可见这一次必然有更大的灾难来临。他们向神请示，神说须问杀巧谷马。杀巧谷马卜卦后说："汉人要来了，要阻挡汉人，需要念咒经一百万遍。每遍的花费是牛 4 头，茶

8 甑，酥油 16 斤，糌粑 4 口袋。”因为费用太大，结果只念到了四千遍。于是去问神：念四五千遍起的作用怎么样，能否阻挡住汉人？神回答说：“单独抵制汉人是可以的，但是汉人和苏联人一起来就阻止不住了。”

上面的故事，我们听起来固然觉得愚昧可笑，但是足可以说明西藏的上层统治者的政治态度，他们对于西藏回归祖国大家庭这一历史的必然趋势，是顽固抵制的。说一千道一万，最根本的原因就是要维护那个最野蛮、最落后、最黑暗的封建农奴制度，不愿失去他们的农奴主的特权。这一点，已经由他们在 1959 年 3 月所发动的武装叛乱作了最后的证实。

西藏的贵族共有二百多家。其来源有三个：一是古代部落酋长的后裔，自从七世纪松赞干布统一了吐蕃以后，各大部落的酋长都成了吐蕃王室的部属，他们的子孙就成了世袭贵族。如饶噶厦；二是效忠于王室或达赖的“有功之臣”，他们由西藏地方政府划给采地，被封为贵族，如西藏最古老的世家吞巴；三是历代达赖的亲属，如拉鲁。

西藏的贵族们,不但在经济上而且在政界也是有很大特权的。

大贵族的子弟叫赛朗巴，一生出来就是四品官的待遇，到了十七八岁便出任政府的要职，有的不到几年就升为噶厦（地方政府）的领导班子成员。小贵族的子弟开始担任政府职务时，一般为赖增巴（办事员），到了一定时间可以调任为中、小宗本（县长）。宗本可以不到职，住在拉萨过他的贵族生活，工作由秘书去办，他每年只需派人去索取收入就行了。

西藏地方政府的编制中要有僧官，而僧官也是要由当了喇嘛的贵族子弟或上层宗教人士来担任的。出身平民的喇嘛，如果熟悉经典、较有学问，有时也可以考得格西学位，但这只是一种宗教头衔，不可能在地方政府中得到任何官职。

阻挠西藏和平解放的反动分子只是贵族中的一部分。也有些是爱国的，维护祖国统一的。当然也有采取观望态度的。

进藏的先遣部队是十八军五十二师的一五四团，他们遵照“十七条协议”，在军前线指挥部的率领下，于 1951 年 10 月 26 日进驻拉萨，受到拉萨各界两万多人的隆重欢迎，这等于是当时拉萨全部人口的一半。但是，由于补给线过长，康藏公路才在修筑之中，飞机也不能试航到拉萨，物资运输全靠牦牛在几千里的重重雪山中缓慢跋涉，供应无法保障。部队只剩下三天的粮食了。所以，包括中央人民政府的代表张经武、十八军的军长、政委和全体官兵，都闹起了粮荒。西藏贵族中的反动势力则乘机对我军采取“困饿政策”，他们控制粮食、抬高物价、制造谣言、嫁祸我军。他们中的代表人物鲁康娃公然对军领导说：“过去满清的驻藏大臣，在拉萨只设一个衙门就行了，何必来这么多军队？”而且幸灾乐祸地挖苦说：“饿肚子可是比打败仗更难受啊！”这位鲁康娃的全名叫鲁康娃·泽旺绕登，是当时地方政府的代理摄政，后来因为组织“人民议会”反对“十七条协议”，被达赖免职。叛逃以后，妄图得到印度的支持，在给印度总理尼赫鲁的“呼吁书”中竟然使用了“跪着你的面前”的词句。

中央通过外交途径，从广州取道印度，将 2500 万斤大米运到了西藏。同时，驻拉萨的部队开展了轰轰烈烈的开荒生产种粮自救的活动。终于站稳了脚跟。

写到这里，我不能不提到一位带有传奇色彩的人物，他就是我的老领导之一李觉将军。去印度接运大米的任务就是他完成的。他还化装成商人，运用了高度的智慧与机智，在印度采购了一批油脂、布匹、药品、鞋子，大大缓解了驻藏部队供应紧张的状况；同时还购进了种牛、种猪、种鸡和苹果树苗，以解决部队的生产问题。后来他还担任了康藏公路西线筑路的领导工作。

李觉（1914 — 2010）也是个典型的山东大汉。曾任东北军骑兵师副排长。1937 年参加中国工农红军。他以不怕子弹著称。当团长时，曾带着炸药包，连续五次炸开了敌人固守的城墙。有一次，他被压在了倒塌的碉堡底下，有几十个战士踩着他的身体冲过去，他竟依然活着。进军西藏前夕，他是第二野战军司令部作战处处长。他主动要求去参加解放西藏的进军，被任命为十八军的第二参谋长，并担任了“前指”的司令员，参与指挥了昌都战役。那一年，他才 36 岁。后来担任过西藏军区副司令员，第二机械工业部局长、副部长，核工业部顾问。1955 年被授予少将军衔。

我们各自离开西藏以后，我只去北京三里河他的家中看望过他三次，而且都是因为有事，真成了“无事不登三宝殿”了，一次是 1957 年 9 月，汇报了点儿个人的事；一次是在 1991 年 4 月 21 日，为了拍摄由我撰稿的电视片《雪山丰碑》，和中央电视台的导演陈荻芳一起去的；一次是在 2003 年 1 月 15 日，为了拍摄由我撰稿的电视片《天堑通途》，和中央电视台的导演艾辛一起去的。记得这次在座的还有西藏军区原副政委金绍山的儿子金逊。金逊和我常有联系，十八军老首长的后代们对我都是很亲热的。六号（李觉在进军西藏时的代号）的视力已经很差了，他说“我的眼镜子只是个样子货”。但他依然仙风道骨、精神矍铄，兴致勃勃地对我们讲述了他建立我国原子弹基地和第一次试爆的经过。

2010 年 2 月 15 日，从北京传来了他去世的噩耗，我立即写了一首《七律 · 悼老首长李觉将军》：

山东大汉很传奇，弹雨枪林克硬敌。
西藏进军自请战，乔装印度走单骑。
呕心创建核基地，沥血修成天上衢。
英姿道骨眼前映，遥望北京热泪滴。

这当然都是以后的事情，现在让我们转回到进藏的路程。

5 月 4 日当天晚间，我们到达了郎达。这个地方在清光绪年间编印的作为《皇朝藩属舆地丛书》之一的《西藏图考》中，所注的名称是“浪荡沟”。只有 6 户人家。我们仍然住兵站。

5 月 5 日，我们翻越了一座海拔 4970 公尺的小山，住宿在拉贡。这里有十多户人家。

5 月 6 日，到达恩达。这里人家更多了，足有二三十户。兵站是借用的民房。恩达是一个有名气的地方，因为在昌都战役时，它是进藏先遣部队第一五四团为拦截西逃之敌的迂回目的地。

十六、我们的苦乐观

"进军西藏的艰苦程度，不亚于红军长征。"——与我在晋、陕、川的徒步行军对比——为什么用金砖交党费——久不花钱会丧失钱的观念——母亲以为我已经死在了西藏——半年没写家信的自责

在恩达不能不想起先遣团的打迂回所受的艰苦。

曾经在昌都战役中参加过大迂回的战士们，对我谈起过那一次奔袭式的急行军。那是 1950 年 10 月中旬的事。为了截断昌都之敌西逃的退路，他们要从昌都以北按时赶到昌都以西的恩达。由于时间非常紧迫，道路又十分艰险，有的指挥员甚至下了这样特殊的命令：部队可以不分建制，不讲队形，以个人为单位快速前进。走什么路，怎么个走法，全由自己选择。只要能按时赶到预定地点，是党员的记功，不是党员的可以入党。他们个个争先恐后地向目的地进发。连续两天一夜，在大雪山里急走快爬，经受了饥、渴、冻、累、滑、摔和空气稀薄带来的呼吸困难，不少战士终于在预订时间赶到了指定地点。途中，他们遇到了前来参战的青海骑兵支队，他们开心地说："当时雪下得很大，原来还分什么白马连、黑马连，后来都成了白马连啦。"他们在饿坏的时候，曾经想到：俗话说"旱不死的葱，饿不死的兵"，这回可

要饿死了。因为他们宁可饿死也决不违反政策纪律。

进军西藏，就是徒步在世界屋脊上负重跋涉五千里。且不说有的山上没有路、有的河上没有桥、还要忍饥挨饿、与敌作战了。无怪乎当时任十八军参谋长、经历过长征的陈明义将军说："进军西藏的艰苦程度，不亚于红军长征。"当时对进藏部队提出的要求口号是"吃大苦，耐大劳"，大家是接受了的，也是做到了的。

我们的战士看似普通，却是人民中的优秀分子。他们有刚有柔，爱憎分明，感情丰富，感受灵敏。面对进藏过程中的一切艰险、困难和劳苦，之所以不但能够承受，而且保持着愉快的心情、乐观的精神、旺盛的斗志、以苦为荣，靠的不是铁打铜铸的身躯，更不是丰厚的待遇，而是完成统一祖国大业、解救百万藏族同胞的光荣使命感。

正是这种精神力量，使大家有了全新的苦乐观。记得先遣连的一个战士曾说："我们少数人短时间里吃大苦，换来上百万人民脱离苦海，巩固了西南国防，价值伟大，无比光荣！"

这就是后来被总结出来的包括"特别能吃苦"在内的"老西藏精神"。

进藏之行，是我参军以后的第三次长距离的徒步行军。

第一次是从山西的榆次南进到风陵渡，从这里坐船过黄河登上潼关再进入西安。基本上是沿着同蒲铁路线走的，没有爬什么山。时间是秋天，也不怎么热。看在我们是刚参军不久的青少年学生的份儿上，领导很是关照。有时我们把背包扔进废弃的火车皮里，轮流推着走，这种偷懒的发明和近乎顽童的行为，也并未受到批评。有时当领导的还为小同志和女同志或病号雇几辆马车坐一坐。远远看去，跟走亲戚的一样。一路上是典型的解放区的景象。我们不必顾及安全问题，也不愁吃喝和住宿。在洪洞，我们住的是一所中学，晚上，我们几个京戏迷还特意聚在院子里，月光下，唱了一阵子《女起解》。在临汾，我们还进行了休整，学习正确掌握批评与自我批评的武器。在运城，我们去参观了一个很大的盐池，还同当地的中学和驻军比赛了篮球。回想起来，那次行军是谈不上辛苦的。

第二次行军是由陕西的宝鸡到四川的成都。这一回才真正领略了主动去经历艰险和自觉去承受辛劳的滋味，这种滋味中更多的是自豪感和乐趣。同时也使我第三次目睹了真切的战争。第一次是童年时在山东老家，八路军和日本鬼子打仗，我被夹在其中；第二次是少年时共产党从国民党手中解放济南，我被困在学校里，在炮火中熬了好几个昼夜。

在进军四川的途中，我们爬秦岭、走栈道、躲地雷、防敌人、忍饥饿、斗严寒；有时一天急行军120里，有时几十人挤在一座马棚里和衣坐着睡一夜；还要掩埋战友，宣传群众。在这次进军的全程中，论起自然条件来，只有秦岭有点高度、有点雪、有点难走，和进军西藏相比，像是闲庭信步了。

进军西藏，在我的徒步行军的纪录中，是行程最长的一次，也是时间最长的一次。

徒步进藏，以及以后在那里生活了八年，对我的身体的耗费是巨大的。多亏我有着很好的山东人的体质，除了因屡涉冰河而造成的双下肢静脉曲张以外，尚未留下什么高原病。当时，每天行军，腿走得很热，忽然遇到一道冰河，水不太深，又没有桥，只好把裤腿一挽，趟将过去。血管被冰水激来激去，自会受损。加之后来把我发配到甘肃河西走廊的农场，每每在寒冬零下 20 摄氏度左右气温下，上夜班放冬水，经常把棉裤卷至膝盖以上在带着冰碴的水中划水、堵水。盛夏则从早到黑地蹲在条田里割麦子，长时间地压迫腿部的血管，有几回由于腿脚的麻木，一站起来竟然就摔倒了。这些，又大大加剧和发展了进藏形成的早期静脉曲张。也算是一种时代的烙印吧。

在徒步进藏的往返途中，算来整整度过了半年的时间。我们进入的是一个旧日的西藏，它没有工业可言，连一根火柴也不能制造；就全藏来说，也算不上有什么商业，只在拉萨、日喀则等城镇有不多的小型店铺。而我们那时所走的地界除了雪山、荒原，就是河沟、森林，宿营的兵站附近也只有几户、十几户贫苦人家，除了牛奶、酥油和柴草，是买不到任何东西的。日复一日，我们对于钱的观念发生了变化，钱的用途、钱的价值，似乎都被留在了遥远的昨天。加之我们那时一直都是享受供给制，每月只发少量的津贴，作为一点可有可无的零花钱。记得我参军后第一个月的津贴是六千元，即今天的六角钱。衣食住行不是公家全管，就是实报实销。本来对钱的观念就很淡薄，何况参加革命的动机和目的是为人民贡献自己的一切，羞于提起钱这个字。所以，进藏的军人是最不需要钱的，也是最不会花钱的。我自己也不例外。在这个问题上，现在的人们对我们那时的观念和心态，大概不易理解。

那时，不准在西藏使用纸币，我们的津贴都是发的银圆，发到手里又长期买不到东西，还得老是装在米袋子里缠在腰上行军爬山，简直成了一种额外负担。我们在负重行军走得累极了的时候，都会产生一种普遍的心理和迫切的愿望，总是不停地琢磨有什么可扔的东西，哪怕是能精简掉半筒牙膏也好。因此也发生过违反纪律的现象，即偷偷地扔掉不该扔或不准扔掉东西。例如有个战士在行军爬山时，故意装作掉队，等落在队伍的最后边、没有人看见的时候，就把发给自己的银圆倒进了山谷。后来，有的同志想出了聪明的办法，到寺庙里去将银圆换成小块金砖，大大减轻了重量。但是依旧买不到东西，依旧得带在身上行军，依旧是个累赘，于是又有人想出了使用它的好办法——用它来交党费。

不用花钱、无法花钱的日子过得久了，什么东西什么价格也就不知道了。因此，在20世纪50年代的前期，由西藏刚回到成都的兵们，闹出过许多笑话。譬如，一斤烤红薯是五分钱，有的人竟要买十块钱的，惊得卖烤红薯的人说："我把整炉的红薯都给你也不值十块钱！"还有的人到了照相馆，要照四十块钱的相。所以成都人都说"黑兵有钱。"他们的脸都被高原的阳光晒得黝黑，一看就知道是十八军的。

一说起西藏来，我就有说不完的话，话题就容易扯远，就顾不得文章的结构了。还是再回到我的那次进军上来吧。

在60年代以前，我是很少作旧体诗的，但是在第一次进藏途中，却作了不少，当然也多是在马背上哼成的，而且不曾推敲平仄，不宜称作绝句，就算当代古风吧。后来在《西藏日报》上发表过十首。它记述了途中的情景，也表露出我的精神状态。谨选录三首如下：

一

大河响滚雷， 猛浪助军威；

獐鹿视我笑， 鹰雕绕旗飞。

二

阳光脸上煎， 积雪透骨寒；
西藏无四季， 冰坚花草鲜。

三

奇峰是剑天是弓，误将风声作鼓声；
雪海无边鸟无影，朝朝暮暮背朝东。

在我这次进藏的半年时间里，父母和远在天涯的我失去了联系。因为这期间我没有写过一封家信。当时我对这一点并未在意，更不觉得有什么过错。直到 1953 年我回济南探亲时，母亲告诉我说，在那漫长的 180 天里，她每天都在苦等我的来信。她说邮递员每天送信两次，时间是上午十点和下午四点，每到这个时刻，她就站在门口等待，但她总是失望。天哪，这不就是失望了 360 次吗！她只知道我是参加解放西藏去了，西藏到底有多远，她的儿子要打多少仗，她全不清楚。她曾经多次地猜想我已经死在了西藏。我姥娘（外祖母）也认为我是死了。节日前夕，政府派人到我家来慰问军属，送来了食油和面粉，姥娘竟含着泪对母亲说："这是孩子拿命换来的呀！"但是当母亲的不会甘心就此绝望，她又曾多次地猜想我还活着，只是去了一个不通邮的地方。

听了母亲的讲述，我才真正理解了"烽火连三月，家书抵万金"所表达的亲人心情，我才深切体会到了"慈母手中线，游子身上衣"所包含的感情重量；我才恍然发觉了自己的不可宽恕的罪过。为了不使母亲更加伤心，我只好"顺杆儿爬"，声称我的确是去了一个不通邮的地方。于是取得了她的谅解。

那时的进藏路上，当然是没有任何邮政设施的，什么邮局、电报、电话之类在那里是绝对见不到的，也是从来没有过的。只有军队的机要部门有电报，但个人的私事决不能使用。为了解决军人的通信，部队内部设有军邮，军人的邮件可以从各个基层单位收集起来，加盖印章，邮资总付，由军邮员在一定的时间或步行或骑马送交地方邮局。那时在西藏寄出或收到一封内地来信，往往要费两三个月的时间。慢是慢，但不是完全不能寄信和收信。在连队，我就经常替识字不多的战士念过家信。说什么我也应当通过军邮给家里写信。我竟没写！

我自责，我分析，我这个深爱父母的儿子，为什么竟然在进藏的半年中不给家里写一封信呢？我想，一是途中的新鲜的、新奇的一切吸引了我全部的注意力；二是由于没觉得苦，倒觉得时间过得很快；三是受了革命的教育淡薄了家庭观念；四是在自己没有子女的时候，想象不到父母会是怎样地挂念自己的子女；五是性别问题，男孩子比起女孩子来总是大大咧咧，粗心一些，拖拉一些，还总是作志在四方状。不管怎么说，自己在军中活蹦乱跳的，却想不到老人在家中是怎样地时刻牵挂着自己，简直是不孝！这是我欠下父母亲这一笔精神债务，永远无法偿还。

我自从17岁参军以后，直到我的父母先后去世，我只回过家探亲三次，见到过母亲三次，但是再也没有见到过父亲。因为他远在青海工作。在父亲去世以后，为了寄托对他的怀念，我写过一篇散文《〈背影〉与背影》，也去西宁瞻仰了他工作过的地方，写了一首诗《观门街》。现在有一首歌叫《常回家看看》，它距离那个年代的我们那一 代人是多么遥远！我只能用“忠孝不能两全”的古训来自我安慰了。

十七、瓦合山掉队

连绵 110 里的神山——军用水壶冻成了手榴弹——人与马的类别消失了——我被称为“慈善老人”——战士在山顶修筑了台站——“大山退后吧，大鹰的翅膀展不开”

瓦合山是一座海拔 5500 公尺的大雪山，由七个山峰组成，连绵 110 里。瓦合山藏语叫朱依拉，在藏民的心目中是一座神山，人们在过山时，怕惊动山神，都不敢大声说话。这是有科学依据的，因为共振会引起雪崩。

瓦合山很高很高，有的藏民幽默而夸张地说：“如果背着叉子枪过山，叉子尖会把蓝天划破。”

对于瓦合山，清代的史料中有这样的记述：“瓦合山高峻且百折……过山戒勿出声，违则冰雹骤至。山中鸟兽不栖，四时俱冷，上下逾百里无炊烟。”（见《西藏图考》）

清代举人杨揆，曾在乾隆五十六年跟随福康安将军从青海入藏，然后走东线入四川，在他的《瓦合山》一诗中，有这样的描述：“拾级身渐高，横空断飞鸟。晶莹太古雪，山骨瘦而槁。浩浩驱长风，扑面利如爪。”最后他感叹道：“本来绝攀跻，谁使强登眺？俯仰叹劳人，须鬓此中老！”（见《桐华吟馆卫藏诗稿》）

它，也是我们步行入藏的必经之地。

5 月 7 日清早，我们从恩达出发，西行了 20 里，便开始攀登瓦合山。

起初，还可以看到石头、小草和牛马的蹄印，随着道路的升高，景物也迥然不同了，出现了路人烧茶的牛粪灰、马的遗骨、鹰的羽毛。再往上，就是雪的世界了，越往上走，积雪越深，山也是雪，雪也是山，望起来无涯，走起来无边。起起伏伏，连连绵绵，任你跋涉，绝无尽头。顷刻间，阴云四合，大雪纷飞，雪风刺骨，雪粒迷眼。我们的皮衣皮帽就像窗棂上的破纸一样，在风雪中扑扑作响。

在西藏，一路上到处可以看到玛尼堆，山下、山上、路口、河边、村外、桥头……都有这种独特的景致。一块块石头堆积成一座小山，有的上边还刻着经文，堆的顶端插着木棒或树枝，上面挂着布制的经幡，保佑着行人的平安。行人走过它时，必须按顺时针方向绕行。如果顺手添些石头上去就更好。一般一座山只需翻过一个垭口就下山了，也就是只在山顶的垭口处或附近的制高点设有玛尼堆。我在瓦合山上却见到了好几个，可见山头之多。

军用水壶里的水早已冻实了，成了一个不会爆炸的手榴弹。在没有水没有柴的山顶积雪中，是根本不可能生火做饭的。我们只好就着又凉又甜的雪块嚼了几根蛋黄蜡，算是吃了午饭，可以继续行军了。最苦最累的是我们的马，攀登百里、跋涉雪窝，吃不到一棵草、喝不到一口水，甚至没有个站脚休息的地方。唯一能做的就是前进、前进、再前进，唯一该做的就是坚持、坚持、再坚持。

我们三个人的三匹马的体质是不同的，我的一匹最弱；我们三个人的性格也是不同的，我的脾气最柔。为了尽快过山，他们两人不停地催马而行，我则信马由缰，听其自然。因为我觉得我的马太可怜了，它已经如此尽职、如此疲乏，又如此饥渴，我怎能忍心对它挥鞭夹镫呢！

就这样，我掉在了后边，渐渐地，他们两人的背影完全消失在我的视线之外。在白茫茫混沌沌的天地之间，只剩下我和我的马了。除了我和它，再没有了任何会动弹、会发声的物体。我们似乎成了世界上唯一的生物。此时此地，我们不可能不成为同舟共济、相濡以沫的朋友。我们不能用语言交谈，也很难用眉目传情，但彼此非常理解，它一定听见我在说：你已经尽力了。我也听见它在说：为了你，我决不会倒在瓦合山上！

这种人与马的相亲、人与马的沟通、人与马的类别的消失，是我的一次难得的体验。这种感觉，在以后的数十年中再也不曾有过。我深信，一切以时间、地点、条件为转移，确是一条真理。

本来就阴沉着的天空，亮度又减弱下来，辘辘的饥肠也告诉我，天就要黑了，我和我的马还在山上越来越慢地跋涉。我们并不感到恐怖，因为我们还没有到筋疲力尽的程度，一定能走下山去，再说在这么厚的积雪中，除了大自然的拥抱，不会有任何猛兽出现，也不会有任何坏人来袭。

我和我的马继续保持着平稳的心态，在下山的路上缓缓地前行，从雪深处走到雪浅处，从暮色中走进夜色中，一路上只有马蹄踏雪的声音，只有雪的微弱的荧光。我们没有惧怕、没有悲哀，甚至没有了思想，我，和马、和雪、和天、和地、和夜，都已经高度的和谐、都已经融为一体，似乎一切都在飘忽中游荡，像诗、像梦，进入了一种妙不可言的境界，一次空前绝后的体验。

午夜时分，我下到了西面的山脚下，道路两旁少了积雪、多了草地，生了灌木、有了松林。这时，我看见在不远的村庄的房顶上有一道手电筒的光柱在朝我晃动，继而又听到了人的喊声，那是战友赵骞在同我联络、在为我引航、在喊我的名字。

我们三人在兵站会合以后，他们两位都责备我说："为什么不打着马快走？"我说："马已经够可怜的了，我不忍打它，"他们两位一个说我是"兽道主义"，一个说我是"慈善老人"。我笑笑，都接受。

就在我和我的马经过的路线上，仅仅两天之后（即1951年的5月9日），进藏先遣团的一位名叫申万福的连干，率领着61名战士开了上来，在瓦合山西侧的主峰下，仅仅奋战了20天，就修建起一座台站。三个月后，当我们原路返回的时候，怀着极深的敬佩之情参观了这座海拔最高的最新建筑。它有五间正房，十多间厢房，五间门房。铺房顶的柳条和做梁柱的松木，都是战士们从山下的森林中扛上来的。房里没有床，全搭了松木地铺。院子里还存放了许多备用的木柴。外面的石墙有一片抹了泥，上面写着八个大字："军民共享，注意卫生"。他们之所以下决心在这里修建台站，就是因为这座山太高、翻山的路太长、山上的气候太恶劣，经常使来往的藏民和战友陷入困境。他们就是要做一件大好事、啃一块硬骨头，给当天翻不过山去的人们提供一个避风雪的地方、睡觉取暖的"家园"。他们还给台站起了名字叫"新加庄"，想来有两层含意：一是这里没有村庄，我们给它加上去一个，同时也有以高原为新家（"加"

的谐音)的意思。对于瓦合山台站的建成,有人给了很高的评价,甚至称它是“建设西藏之始”。周围的藏胞听到这个消息以后,更是惊喜，他们传说着：解放军创造了“让牡丹花在雪山上盛开”的奇迹。在台站举行落成典礼军民联欢会时，当地的藏民男女群众穿上新衣，兴高采烈地纷纷赶来。原先他们视瓦合山为神山，走在山上都不敢大声说话，生怕得罪了山神，会降下灾难，今天，他们竟然一下子打破了先例，狂热地歌舞起来。他们在歌词中唱道：“为解放军唱歌跳舞，神也会原谅我们。”听他们在挥袖歌舞时的唱词吧：

大鹰飞来了
大山退后吧
大鹰的翅膀展不开

我们走来了
大山退后吧
我们的舞步跳不开

这样豪迈的诗只有藏族才有!

十八、嘉裕桥下是怒江

西藏行路之难——最不缺的是水，最缺的是桥——唐东杰布的故事和嘉裕桥的传说——关于怒江，我写了两部作品——我穿过了彩虹

昨夜，我们从瓦合山上下来会合以后，宿营的兵站所在地叫瓦合塘，“塘”是平坝子的意思，它也是一个不大的村庄，附近倒有不小的松林。从我保留下来的第一次《进藏逐日行程表》上看，我们在此休息了一天，大概是因为昨天翻越瓦合山的行军太过疲劳了。

5 月 9 日，继续前进。这天的行程比较宽松，一共才 40 里就到了麻日（现在的地图上写为马利）。此地又叫麻利山，在我的印象中，是一座不值得提起的小山。这里也有兵站供我们食宿和换马。

5 月 10 日的行程依旧比较宽松，也是走了 40 里就到了嘉裕桥。但是途中有座山叫义打拉,翻过它去就靠近了怒江江边。嘉裕桥是个坐落在怒江东岸岸边的村庄，由于江上有一座桥叫嘉裕桥，也就成了村名。这座桥在西藏是很有些名气的。

在那时的西藏，行路之难可谓世所罕见，这是由世界屋脊的自然条件形成的。难处之一是海拔太高,空气中的含氧量低，

呼吸困难；难处之二是大山太多，唯有羊肠小道，大雪封山则无路可通；难处之三是人烟太稀，缺少可住之屋、可烧之柴；难处之四是气候善变，从山下走到山顶可以走遍四季，风雨冰雹说来就来；难处之五就是条条江河的阻拦了。

西藏是我国水资源最丰富的地区，积雪的群山是天然的超级大水库。她是雪的家乡，也是水的家乡。大小湖泊星罗棋布，千山万壑江河纵横，凡是两山之间无不淌雪水，凡有山沟之处无不有溪流。那是怎样的一些水呀！那水，都是融雪消冰，刺骨的寒凉；那水，从石上跳下，从高处跌来，漩涡如煮，浪花如虎，吼声如雷；那水，只有流到草原上才放慢脚步，才变得温柔起来，只有流进湖泊，才会变得深沉，恢复平静的心态。

西藏最不缺的是水，而同时最缺的是桥。

在西藏的民间传说中，第一个为西藏的江河架桥的人和藏戏的创始人，竟然是同一个人，他叫竹朵·唐东杰布。

1956 年 5 月，我曾在拉萨采访过扎西顿珠，他是有名的藏戏演员，当时他 57 岁，同时担任着觉木隆剧团的团长、总导演和主要演员。他应当是懂得藏戏的历史的，他竟然也是按照民间的传说来讲唐东杰布的故事的。这个故事在西藏十分流行，可以说家喻户晓。我这里只做简要的转述：

唐东杰布是个心地非常善良的人，总想给大家多做些好事。他看到西藏的许多条江河上都没有桥，给行人带来极大的不便，决心在每一条江河上架起桥来，但这需要有很多钱才能办成。他历尽辛苦，四方奔走，耗时不少，可是募化到的钱还不够修一座桥用。他的精神感动了神灵，梦中，女神吉尊卓玛考验他说：你如果有决心、能吃苦，就先到旁多的山岩上去静坐吧。他果然去了旁多，在僻静的山岩上静坐祈祷了三年三月零三天。女神吉尊卓玛又在梦中明示他：你到雅隆琼结去吧，那里有七兄妹，都是最好的演员，你把他们组成一个剧团，到处去演戏给大家看，并且把修桥的决心告诉大家，一定会得到帮助的。唐东杰布照着做了，果然通过演出集够了修桥的资金，在西藏的13个地方修起了13座铁索桥。

嘉裕桥却不是铁索桥，而是一座地地道道的木桥，整座桥没有用一根铁钉，全部是用圆木架成的。它坐落在贡拉和义打拉两座陡山之间，横跨在由北向南奔流于峡谷之中的怒江之上，是西藏的一处重要通道。

嘉裕桥没有被算在唐东杰布修建的13座桥梁之内，因为它才有80来年的历史。为了行走安全，保持畅通，嘉裕桥每隔四年必须重修一次，由于工程巨大、技术落后，要两个月才能完成。一切所需的器材、工具、粮食，全部由人民群众负担，工程费用的具体分担办法是：怒江东岸的嘉裕、麻利、瓦合三地负担四分之三，怒江西岸的洛隆负担四分之一。西藏地方政府不投入一文钱，却派了藏军来收过桥税银，规定过桥时每个人或每头牛、每匹马都要交纳藏银一钱五分，如果遇到没有农奴主背景的商人过桥，还要遭到额外的勒索。

嘉裕桥，藏语叫霞裕桑巴。“桑巴”是桥，“霞”是右腿，“裕”是鞋子。所以，我们在那里问路时，如果问“嘉裕桥”，藏民都摇头不懂，如果问“霞裕桑巴”都是知道的。

关于这座桥的名字，也是来自一个神话传说：

一百年前，人们要在怒江上架桥，因为水流湍急，怎么也搭不起桥基。西藏有个活佛叫噶玛巴，他来到了江边，脱下右脚的鞋子扔到江中，施了佛法，桥基就搭稳了。桥名取“霞裕”二字，就是为了报答这位活佛。

也有另一种传说的“版本”在流行，说是文成公主进藏时在此脱下了她右脚的鞋子，才架成了桥的。文成公主进藏是在唐贞观十五年，即641年，同这座桥的诞生时间太不相符。何况根据她进藏路线的历史记载，并没有经过此地。传说中还讲她看到这里没有柴烧，就拔下了头上的簪子往山上一扔，满山就长起了灌木。这些说法，证明了文成公主在西藏人民的心中确实有着崇高的威信，一千多年以来一直深受西藏人民的爱戴。

怒江上的故事和传说很多、很美，后来我自己也加入了创编有关怒江的新故事的行列。1953年11月，康藏公路上的怒江铁桥正式通车，但不是在嘉裕桥这个地方，由于公路要走南线，是从嘉裕南边很远的江面架桥过江的。当时，我正同解放军电影制片厂的摄制组在工地工作，参加了架桥的后期工程和通车典礼。筑路部队在铺平怒江的战斗中，同激流和峭壁进行了可歌可泣的斗争，涌现了探险英雄崔锡明等一批英模人物。我进入工地时，就是脚踩绳索、手扶崖壁通过的。导演沈剡，摄影师于成志和我深受英雄业绩的感召，在创作拍摄《通向拉萨的幸福道路》的同时，共同策划套拍了《战胜怒江天险》。由我写的解说词。两年后，它获得了中华人民共和国文化部颁发的“1949—1955优秀影片”短纪录片奖一等奖，我和沈、于三人各获得一枚金质奖章。1954年7月27日，我还完成了一首将藏族人民的忠贞爱情与怒江铁桥的通车揉在了一起的长诗《紫丁香》,它最初发表在1956年10月号的《边疆文艺》上，1958年6月收入作家出版社出版的我的第三本诗集《大雪纷飞》，1998年收入《高平诗选》。它曾得到过诗歌评论家谢冕、洪子诚等人的好评。

嘉裕桥的美丽之所以给我留下了深刻的印象，还因为我在这里遇到过一次奇异的景象，它曾是我儿时的幻想，是我一直认为永远不可能实现的事，然而，竟然在嘉裕桥实现了。

那是在我第一次走过嘉裕桥的三个月之后，大约是八月上旬的一天下午，我和战友赵骞骑着马从西向东，正是雨过天刚晴的时刻，嘉裕桥的东面出现了一道巨大而绚丽的彩虹，它的圆弧的最高处正在我们的前额的上方，它的左右两端直插近旁的地面。它离我从来没有这样近过，近得就像是一座迎面而设的凯旋门。这不禁使我产生了一种从未有过的奢望，我要从它的下面穿过。我害怕它在我眼中的这种距离只是我的错觉，我又害怕它不等我们到达就消隐而去。我于是立刻招呼赵骞一起朝它催马前行，不到十分钟时间我们就真真切切地靠近了它，它依然那般鲜艳地高拱在我们的头上，垂地的两端就分列在我们的左右。我们像进入了童话世界一样地穿过了它的彩门，是实实在在地走入走出。等我们走过去很远再回头望时它才消失。

许多岁月消失了，嘉裕桥的彩虹，依然拱立在我的头上，永远不再消失。

第三章

从先遣团到先遣连

十九、到达洛隆宗

陡峭的贡拉下比上难——看不见的风麻木了脸颊——《洛隆宗社会调查》——用冰河水麻醉，用指甲“切除”鸡眼

当初，我们在重庆领受去进藏部队体验生活的任务时，就作了决定，下了决心，一定要到最前方去，也就是要深入到进藏先遣团的先遣连里去。所以，我们才一股劲儿地向西、向西。我们高兴的知道，过了怒江就接近先遣团的驻地了。

5 月 11 日，我们刚从嘉裕桥粗大的圆形松木桥面上走过，扑面而来的就是陡峭的大山，它就是有名的贡拉，横亘在嘉裕桥的西南方向，上下约有 30 里，山势非常陡峭，那左右盘旋的小路真同直立的长蛇一般。我们和马匹都饱尝了“上山腿长，下山腿短”的滋味。特别是在下山的时候，每走一步，为了稳当地支撑住身体的重量不致倒下去跌入悬崖，都要付出超常的力气，我的腿不能不绷得很紧，我明显地感觉到它在不停地抖动。我看见我的马的前腿也在抖动。好在西藏的马虽不善跑，却很善走，更习惯走山路，一般不会有什么闪失。这些马算不上英俊，却是可靠的朋友。

上下山时，只要是坡度较大的地段，我们一般是牵着马走

的，这样做不仅是为了安全，防止人马一同翻倒跌坠，更是为了爱护马匹，也可以说是骑马人共守的公德、共有的心肠，至少是共同的做法。

这一天，我的路走得特别艰难，不只是因为山势陡峭，而且是由于连续的行军爬山，在我的左脚前掌靠内侧的部位，生出了一个鸡眼，每走一步都刺骨的疼痛。为了坚持行军，我只好歪斜着左脚，让它的外侧着地，虽然走起来比较费劲，姿势也与跛子十分相近，但是减轻了疼痛，没有拖累同行的两位战友。

山上没有树，看不到树的摆动，也看不到有什么旗帜之类的东西飘荡，好像没有风似的，但是只凭感觉就知道山上的风是很大的，明显的标志是，耳朵里轰隆轰隆地响着“雷”声，摸一摸脸上的肉是麻木的，马的鬃毛是直立的。望望天空，则蓝得透亮，绝对晴好。阳光在这里也变成了冷光，被山风抽去了原有的温暖。

当天，我们到达了先遣团的驻地洛隆宗。

洛隆宗坐落在一块小平原里，大片的农田中蜿蜒流淌着清澈见底的小河。街道上有一百多户人家，全宗有三千多人口。这在西藏来说就是个繁华大县了。

洛隆宗是我们此行的第一个目的地，是我们途中的又一个大站，因为进军西藏的先遣部队——按作战地图的习惯标法是我18A（军）52D（师）154R（团）——的团部，此时就驻在这里。

当我从先遣连回来以后，即从7月初到8月上旬，我们又在此地住了一个多月，结识了几位颇有特点的人物，我还差一点死在这里。洛隆宗是一个深深地刻入了我的记忆的地方。

在《西藏图考卷之三・西藏程站考》中，对洛隆宗有这样的记述：

“洛隆宗在类物齐西南，其地有嘉裕桥，为藏泸通津，亦西海进藏之要隘。原隶西藏部属，委碟巴二名管理。康熙五十八年大兵进藏，该地碟巴、番民倾心投诚，采办军粮，挽通无误。雍正四年，将洛隆宗地方遵旨赏给达赖喇嘛。”（清光绪版。文中的标点是我加的。）

我当时还看到过一份较新的关于洛隆宗的社会调查，我曾全文抄录下来，一直留到现在。可惜从不知道调查者的姓名。我认为这是很有参考价值的资料，有些鲜为人知的东西。现根据我的笔记转录于下：

《洛隆宗社会调查》：

一、土地和百姓的被转让

昌都以东的土地和百姓多属清封土司所有，但昌都以西则属大活佛的香火地，（仅有个别的土司，但威信不大）像八宿、硕督、甲桑卡、洛宗等地都是西藏功德林的属地。

在洛隆，土地和百姓原先都是当地锡章喇嘛寺的。该寺有一百年的历史。

民国七年，西藏势力伸展到昌都以东，开始在这里设宗，以强力把土地和人民从锡章寺手里转为由宗直辖。每年由宗拿出八百克（按：克是旧西藏的计量单位，一克粮食相当于内地的 25—28 市斤，酥油每五市斤也叫一克。）公粮给该寺作为寺用经费。该寺过去掌握洛隆宗的文教全权，现在对土地和百姓都不过问了。但人民至今也还有自动向寺中送粮的，宗政府也不过问。

二、政治

洛隆宗宗本（按：相当县长。）任职后并不到任，他居住在拉萨，坐收从千里之外运回的钱粮。宗本为降万巴，曾任拉萨电灯局长，留学英伦学电学，现已死。据说他的房子在拉萨最漂亮，为西式。宗本的代理人是他的老管家祝多，代收代运钱粮，但他在宗里实权不大，没有威信。宗本秘书边巴泽仁系锡章寺扎西饶登堪布之弟，是八个村庄的总头人，实权颇大。

各村丁本（头人）皆非世袭，由村民推选，标准是家产较富，识些字，能交际，善辞令。有些人并不愿当丁本，因为公事太忙。

“宗约”是直属宗本的老百姓。洛隆宗有十家宗约，除为宗服役外，不纳粮，不出乌拉。这样的百姓大抵极其贫穷，无任何家产。

“观约”有八家，是“化外民”，宗管不着，是锡章寺的百姓，只供寺庙役使，不负担宗的任何差役。

在洛隆宗，形式上是政教分家，但人民仍倾向锡章寺，如诉讼，仍找寺庙。堪布扎西饶登在地方上极富威望，几乎政治、宗教、文化要人，都汇集他家。

三、经济

公元1918年以前，洛隆宗原已开垦耕地二百岗（下50克种子的地的面积为一岗），以后逃亡户增多，人口锐减，耕地面积荒废一半，现约一百岗，以前收到的公粮是一万克，现在减为三千克。宗规定每岗地出公粮50克。

洛隆宗土壤中多含砂石，耕作技术落后，不注意施肥。田里的石头被认为是神，不愿检出。往往到秋收时，连公粮都无法交。百分之九十的家庭在次年春耕时要向宗借种子，年利是五克到六克。下次仍需向宗借，债台年年高筑。

洛隆宗在康藏大道上，每年藏官出巡者甚多，来往照例必索大批乌拉，如乌拉不够，则每匹马索银五两，牛二两。这些钱由各村摊出，田多多出。人民多只求“温饱”勉强度日月，因为比例的负担太重。

无田产的百姓统由宗直辖，须服如下差役：每年修桥十多次，每次七八天；替宗刷白墙一次（冬月初六）；替宗的屋顶平台堆土一次，每次四天（六月间）。

四、两个家庭

1. 周贵生。年 41 岁。其父随赵尔丰入藏。幼年失父，生长在郎多土司家。成人后，郎多给他五克种子的地耕种，每年只还种子。妻名布穷，生长在牛场，生二女一男，大女出嫁后仍住家里，唯一的儿子送出当喇嘛，这主要是怕儿子再像自己一样受苦，怕当兵，（成佛倒是小事）。他另外种了宗分给他的 25 克种子的地，年成好时，剩余的勉强够温饱。养奶牛一头，马一匹（专备出乌拉）。他的负担是：每年纳公粮、藏称二百斤；给寺庙送酥油藏称三斤四两；每年出乌拉 30 次，每次要三天；替寺院修墙一次，运石灰十斤。去年受霜灾，全年收入不足二百斤粮食，只有高利向宗本借。他说，往年村里还能吃到小麦面，如今一年不如一年了。

2. 丹巴复比。其兄是锡章寺管家。家产以喇嘛寺为掩护，资本投到寺内做生意。不出乌拉，每天五餐，每餐吃法不同：烙饼，肉包子，肉丝面条，大米稀饭，去皮的白糌粑。经常酿酒。今年请了两个裁缝，替全家做了半个月的鞋子。他穿的一件英国呢子袄，是用 95 块银圆买的。家里还有降落伞绸子，准备做衬衣用。但这样的人家寥寥无几。

五、锡章寺管家内室巡礼

成堆的英国毛呢和印度绸布，英国香烟。桌上有美国钟一座，是用 40 克青稞的代价买来的。留声机一个，相当一百克青稞的价值。尚有美国的维他命罐头，印度的糖和红茶。室内有刮脸刀和六开洋刀一把。

六、两重负担

怒江以东的麻利、嘉裕、瓦合三地，原为类物齐喇嘛寺的香火属地，和洛隆宗没有关系。1918 年，西藏将以上三地强力划由洛隆宗宗本管辖，同样纳粮，负担一些差役。四十多年来，以上三地在行政上似乎是洛隆宗的县属了，但人民仍须向类物齐宗送粮服差，在宗教上与类物齐关系仍极密切。这样的双重负担，人民无法摆脱。

七、宗教

洛隆宗喇嘛寺有六个，其中最大的是黄教的锡章寺，喇嘛仅二百人。其中的紫陀寺为红教。一般人信教极笃，如罗加家里请喇嘛念健康经，好肉好面都请喇嘛吃，一天点酥油灯五六十盏，七个喇嘛每人给银五两。罗加说：只要一年平安，花几个钱没什么。又如喇嘛寺跳神，每家要出酥油半斤。烧神时烧有大火，男女抱着孩子从火里跳过去，说是跳过火坑可以免灾。有些妇女因跳火把头发烧焦了也不抱怨。

一般的说，当喇嘛是自愿的，但洛隆宗的寺庙有权像派兵一样地指定人当喇嘛，有不愿去的，在舆论压力下也不得不去。到现在，每天给寺庙送柴送粮的仍不少。

洛隆宗有个黄教寺叫汪多寺，属昌都黄教寺系统，有八家“观约”，也有土地，不向洛隆宗交粮服役，属独立状态。

我们在洛隆宗住了两个整天，主要是采访先遣团的进军情况。

在这里，我无意中自己治好了脚上的鸡眼。傍晚，我坐在小河边，享受晚饭后的休息，看夕阳在水波中舞动着一缕缕金线，那水不知是来自哪座雪山，我的目光沁透了它的明澈和清凉，它引诱我要与它作肉体的接触，我先是洗了洗手，竟很快被冰得麻木了。我想，把我的脚也洗一洗、麻一麻，不就不疼了吗？我把脚泡了进去，不久就全麻了，我使劲捏它也毫无感觉，而且没有了一点血色，从未有过的苍白。我用指甲掐那鸡眼，半点儿也不痛，于是我对它动起手术来，非常成功。两天中，我这样到河边自作了四次“手术”，竟然完全“切除”了鸡眼。

二十、先遣团政委杨军谈进军

可亲可敬的杨军政委——“一年能吃掉一条毛毯”——“我们这几千人饿死也值得”——邓柯战斗，击毙第三代本——迂回昌都——奔袭洛隆宗，活捉第七代本——几篇珍贵的战士日记

进藏部队先遣团一五四团的政委是杨军同志，我们在洛隆宗时一直是他在接待我们。在我的印象中，团长郄晋武不曾同我们谋面，也许他当时不在团里，也许由于属于政工、宣传、文艺之类的工作不归军事干部管，而是政治干部的事。这在部队里分工是极其明确的。

我第一次接触杨军，是在洛隆宗的民房土屋里，他身材较高、腰板挺直、面色黝黑、稍显消瘦，说话干脆而稳重。那时干部战士都在一起吃饭，没有什么小灶、中灶、大灶之分，吃的是同样的东西，即盐茶和糌粑。由于供应紧张，伙食规定只有团级干部每天有四两酥油。开饭时我见他总是端上碗将自己的酥油往战士的碗里夹，这种同甘共苦的动作，令人感动。

酥油和糌粑，以及用麻袋从四川运来的大米都是由牦牛长途驮运到部队来的，而且全要用牦牛皮打成30斤左右的包，不然经受不住雨雪的侵蚀和牦牛群的碰撞，因此里面经常混有

牛毛，拣不胜拣，只有马虎着吃下去。杨军政委在吃饭时对我们开玩笑说："在康藏住上一年，能吃掉一条毛毯。"

1955年冬，我从西藏军区文工团创作组调到西藏军区文化部任文艺创作员时，杨军是组织部的部长，我们同在一个政治部工作、生活。他为人坦诚豪爽，一身凛然正气，使我加深了对他的好感。那时，我把我在这次进藏途中所写的旧体诗整理出来，在《西藏日报》上发表了十首，他看到以后，一边和我打着乒乓球一边当众批评我说："你那是什么诗？不合格律！"他也是写过诗的，我见过他在进藏途中写的绝句。他说的是内行话，我感谢他的指点，是他提醒我钻研了一番平平仄仄。我结婚的那天，他因为有重要公务不能参加我们的婚礼，就特意写了一封祝贺信，派通讯员送过来在典礼上宣读。可惜在1956年，他就因为积劳成疾，患肝病逝世了。我当时写了一首赞美和怀念他的诗，题为《哀悼与回忆——悼杨军上校》，发表在《高原战士报》上。这当然都是后来的事了。

在洛隆宗，他用了几个小时的时间，同我们比较详细地谈了先遣团的进军经过，他心里自有一本账，用不着看任何稿子和材料。我从头至尾作了记录，一直保留到现在。我认为这也是一份关于进军西藏的宝贵资料。谈话的时间是1951年5月12日。现在，我是在这本书中第一次披露它，也算是对杨军政委的一种纪念吧。

杨军政委谈先遣团进军西藏经过的全文如下：

我们于1950年3月29日自四川乐山出发，4月28日到达甘孜，9月22日主力离甘孜，10月20日迫使敌人投降，结束昌都战役，11月9日俘第七代本，解放洛隆宗，11月25

日返到硕督，至此结束战役。

从甘孜到邓柯，从昌都战役开始到结束，以及驻军硕督、洛隆宗，为三个阶段。

从川西进军时，因首长鼓励、兄弟部队及人民的支持，部队情绪高涨，主要表现在从雅安到甘孜一段进军中，很少逃亡。每逢过铁索桥及河流时，物资要用人驮过去，多至120斤重。过二郎山时，走到半山正值下雨，落地结成冰雪，使用刺刀挖路走。饿了就抓生米就雪吃。这时情绪未受到大的挫折。一营过折多山时，虽不习惯高山气候，走了120里无人掉队，但情绪是起了变化的。过了折多山，说老乡膻气，（按：《进藏部队群众纪律》第六条中规定："对贫苦藏胞之切身痛苦，应寄予深刻的阶级同情，反对嫌脏，或漠视不理。"）住也不惯。这时，我们强调："正是因为这个地区落后贫穷，所以我们才来。"在道孚住了三天，整顿了一番。

初到甘孜时，我团有四千人以上，马六百匹。对于空军支援和康北人民的欢迎估计过高。后来，与空军联络不上，马料停止，粮食减半，后来又减到四分之一。我们提出："饿死不违反政策纪律，为了西藏人民，为了解放全中国，我们这几千人饿死也值得。反过来说，只要我们不违反政策纪律，也就饿不死。"大家心情很沉重。后来一营走时，大家说是饿出了甘孜。头人给搞了一千斤粮食。当时便转入修甘孜机场，因知道只有修好机场飞机才能来，大家情绪还高。但吃个半饱去上工，晚上回来路也走不动，有的同志就有"吃半饱做整工"的怨言。

二营离开甘孜去邓柯，途中在玉隆时有八百块钢洋被偷。我们告诉了夏格刀登的侄子，嫌犯是他手下的一个汉人，我们交给了他去处理，他把钱全部追回来了。到达林冲时，土司派头人来说："土司有病，不能来迎，请原谅。"我们令他弄粮，他们照办了。彼此搞的关系还好。因对岸是敌人，我们进行了仔细的布置。买了二百担粮，一营人可吃三个月，后来又从德格运来了 90 多担，度过了四个多月。

在邓柯，为了渡金沙江需要准备船只。过去刘文辉组织的康藏考察团曾经留下了一只大木船，后来被水冲跑了。部队和四川来的工人组成了造船厂。四川工人 12 人，我们部队 6 人，三天可造一只乘坐 15 个人的船，五天可造一只乘坐 30 个人的船。老百姓坐惯了牛皮船，对我们造的船不敢坐，后来见我们坐了,就争着来试坐。一共造了 18 只。一只大的,四只中号的，其他为"快艇"。木料来自 40 里外，伐下以后编成木筏，顺金沙江冲下来。砍木做筏本无经验，时令虽然已是夏天，康北的阳光也已经很毒，但河水仍极冰冷。有一次，木筏在支流上搁浅在了对岸，五个人拉着绳子带了一挺机枪过去，渡了三次才弄回来。又遇上大雨，摸了 25 里路才到了个小村子。造船时，有个二营的铁匠战士造成了几种工具，工作了 70 多天没休息，虎口俱裂。

邓柯位于康北，金沙江东岸。我军占领邓柯后，藏军第三代本蒲贡对达赖吹牛说；"此次不打走解放军，收复邓柯，誓不回拉萨！"第三代本为藏军主力之一，有五百余人，装备较好，战无不胜。曾打过刘文辉，把国民党的第二十四军一直赶到了道孚。

邓柯战斗是 6 月 22 日打响的。这一仗不算漂亮，但也给了藏军初次教训。敌人曾四次说要攻邓柯,都没来。6 月 19 日，根据来自德格、玉隆和老乡三方面的大致相同的情报，敌人要在 6 月 21 日(五月初七)来,结果又没来。是日,我们半夜出发。

战斗在22日中午打响，敌人恰恰是初七来的，因藏历比阴历晚了一天。敌人将二百多头牦牛驮着糌粑、子弹先行。被我们的侦察班一阵冲锋枪便将牛群打散，俘获了。在往回走时，一位过去流落在此地的老红军跑来报告说，敌人追来了。这时我们是面山背水，只有死命抢山头。因为敌人骑的马，当我们的六连二班长上到山头时，敌人的四名骑兵也已经上了山头，二班长一梭子冲锋枪，打倒了藏军四骑。战斗一直坚持到半夜，双方才退。战斗中，我们击毙了他们的代理代本蒲贡。深夜，我军放信号弹，藏军们惊呼着奔走相告说“解放军放起神灯来了，神灯一照，他们能看见我们，我们就看不见他们了。这神灯先照当官的。”因为我们先击毙了他们的代本，他们才会有这种说法。藏军作战，其官长一死，便立刻成为无窝之蜂。

敌人撤退后，我军用炮追击，藏军不敢上山，顺山谷逃走了。

在昌都战役中，我们团的任务是打迂回。意义大，直接战功不大。过了康北最大的山杂曲拉，爬到山上时，口渴，肚饿，疲劳，有的同志不走了，在雪中便住下来，全军很狼狈，溃不成军，到达宿营地的人很少。过囊谦河（按：即杂曲）时天气突变，藏民热情地帮助渡河。从囊谦寺到甲桑卡，一天跑了120里，同时打了一天。敌人有两个代本。因迂回部队未能完成迂回任务，没有歼灭什么敌人。一营走了36个小时，全程250里，两天一夜没休息，我军到达类物齐时，敌人已经逃跑了。

迂回到昌都西面的恩达是19日晚。二营赶到后与青海来的骑兵支队研究了敌人受降的事。当时，骑支断粮了，二营虽只有五天的粮食，抽出了两天的粮食给了骑支。

从恩达继续前进，因为缺粮，面汤稀得能照见自己的眼睛。战士说喝的是“四个眼睛的糊涂”。人马体力大为削弱。我们的口号是："与其等着饿死，不如前进找粮食吃。"战马一天死去了 20%。当时是二连与骑兵排先走,第二天便驻军到了瓦合。藏政府派洛隆宗县府的秘书来侦察我军的情况,被我军俘虏了，才更加证实了藏军第七代本正在洛隆宗。在这之前，已经有藏民代表和喇嘛代表前来迎接我军，并报告了七代本在洛隆宗的消息。这个代本在昌都战役之后只剩了 30 余人。我们以一个排的兵力连夜奔袭，次日早晨便将洛隆宗围住。第七代本普隆巴·扎巴次仁从梦中惊醒，慌忙起床穿衣骑马奔逃，被我军鸣枪吓回，被俘后大为惊疑，问："你们怎么能在一夜之间赶到这里？"一营营长回答说："解放军是飞毛腿。"

我们将战俘集中于一室，每人发银圆三块，便即释放。许多已经逃走的闻讯以后，都拖枪来投。还有已经释放过的再次回来，说他也是战俘，枪早已交了。想领双份钱。岗哨不许进就硬往里挤。因为他们的待遇极低，又有家眷，贫穷已极。由此可见藏军之黑暗与我军政策之成功。

杨军政委最后还给我们介绍说："二营熟知昌都战役。一营熟知奔袭洛隆宗。全团的全面模范连是二营机枪连。较好的是一、八连。中等连为五连。团直是炮兵连较好。辎重连正在瓦合修台站。现在部队正在修筑兵站，囤粮囤柴，修桥补路，生产栽树。"

杨政委的介绍十分平实，不夸功，不回避问题，贯穿着实事求是的精神。

那时，许多指战员都有写日记的习惯。我到达一营的连队以后，曾看过不少的战士日记，其中有些记述的正是杨军政委所谈的进军三阶段中的经历。多亏我当时抄录了11篇，还在笔记本上加了个“战士日记选”的题目。现在重新读来，除了感觉亲切，更引起对那些战士的深深的怀念和无尽的回忆，以及他们可能已被遗忘的隐隐的痛楚。除了两篇之外，可惜我没记上日记主人的姓名。下面转录几篇，与读者共享。（为保持原样，年月日未改用阿拉伯数字。）

五〇年十月十日

从这里再前进，要过一条河，水深流急，没有桥也没有船。同志们都脱去下衣趟水，光水冷还不算啥，八班有个同志被水冲走了，同志们身上都背着很重的东西，一时来不及去救，幸亏河岸上有三个藏胞，不顾一切地跳下水去，抢救我同志，这位同志才脱险。全连同志都很受感动。藏胞对我们这样热爱，我们一定忠诚地为他们服务。同志们都增加了入藏的勇气。

五〇年十月十四日

早起出发就下雪，走了二十多里后还在下。上级叫穿起雨衣走。在一个坝子里休息煮饭时，医生同志叫我把鞋换一换，但是大家在这时谁还有一双干鞋呢？

再前进时又下雪了，路上有马死了，只要我不像马一样死去，我就忍着脚疼，决不掉队，完成迂回任务。

五〇年十月十五日

大家在雪地里呆了一夜，衣服没有一点干的了。

到了金沙江边，烧了点开水喝便准备渡江，江边排着十几只牛皮船，几十个藏胞来帮我们渡江。

渡过江去，当天赶到囊谦，刚与团指挥所会合便又忙着出发。杨队长见了我们，问了一下情况便说：“情况非常紧急，能跟上队的必须不停地前进。最艰苦的任务来了，是英雄好汉就在这里抬起头来！”说完部队就走了。白茫茫的雪发出刺眼的光，到了山顶，月亮出来了，但是冷风卷着高山上的雪直往脸上扑。

五〇年十月二十四日

清晨，我们出发去接三连的十八位同志，走了八十里才接上他们。知道他们碰到了藏军二百多，他们十八个人就打上去了，缴获了一百六十多支英式步马枪和五十多匹马。

五〇年十月二十七日

昨夜天气异常冷，早起后，到处是白茫茫的大雪，大家在雪地里喝牛肉粥，身上一层白。董股长叫摄影记者拍了这个镜头，大家笑了。（二连见习文干季国梁）

五〇年十一月五日

同志们上山打柴去了，我在家洗衣服，杀牦牛。正在剥牛头的时候，狂风四起，把锅盖和洗了的衣服都吹跑了。

五〇年十一月十五日

连夜赶到硕督，天将亮，我们爬上山头，机枪、小炮都准备好了，打了一发信号弹，未见有藏兵出来，二、三排就进去了，原来藏兵已经在昨天跑了。我们进了硕督后，很多藏民背水烧茶欢迎我们，喇嘛也拿来许多面送我们，我们没收，这里藏民都高兴极了。

五一年一月二十三日

下雪。我们去参观了汉人寺，寺内有关帝庙、观音殿等。这座寺庙是嘉庆年间修的，在这里的人已经不会讲汉话了。

五一年三月四日

我知道我们种了菜自己吃不上了，但后续部队来了可以吃。过去国民党的部队走到哪里吃到哪里，也不开荒生产，更不用说改善人民生活了。我们是人民的军队，是中华各族人民的子弟兵，我们打仗，也劳动生产，不然，藏胞不会对咱们这么好。

我感到，只有热爱藏胞，才能团结藏胞。我们能够革命成功，就是因为我们是热爱人民的，不是压迫人民的。（战士熊兴发）

我们原定是要到最前方去的，所以还要继续向西，从团部往西走两天，才能到达一营营部；从营部再往西走两天，才能到达一连的驻地——拉孜，这里就是进藏部队的最前方的连队了。若是再往前走，不远处的边坝就是藏军的前沿阵地。

杨政委同我们谈话以后的第三天，即5月14日，我们又开始了行军。出发以前，明确了我们到达前线以后在部队担任的职务：陈野民在一营营部协助工作，我和赵骞在一连担任兼职文化干事。

二十一、在最前线的先遣连

到达了进藏先遣连的驻地——拉孜：山脚下的小村——与驻守边坝藏军对峙着，但相安无事——连长黄宗银真是个人物——三十九族——整整吃了一个月没有酥油的糌粑

洛隆宗距离下一个宿营地是110里，我们于14日当天到达。此地名叫子拖，有人写作紫驼，不知为什么又名曲齿。

第二天（5月15日），只走了50里就到了一营营部的驻地硕督。正如昌都本是察木多，硕督本叫硕般多。因为是译音，这地方也难免有各种写法，如：说般多、设般多、苏班多、舒班多……确实是够多的。硕督在西藏也算是个大地方，有一百五六十户人家，寺院里有几百名喇嘛。街道有些坡度，多是石头铺成。古树成荫，溪流环绕，含有几分江南风景。

按照已定的兼职分配，陈野民留在营部，我和赵骞要去最前方的一连，所以我俩没有在此停留，次日一早便又登程，奔赴我俩的目的地拉孜。16日当天走了整一百里，到达了巴里朗（又写作八里）。这一百里路的路况是这样的：从硕督沿山沟西上，头50里中过了一座名叫巴拉的山，山势不太陡峭，下了山到达中义沟后，山路就平坦多了。记得路上遇到了一片大草滩，我和赵骞一时兴起，在鲜嫩的花草的香气中，抖开缰

绳赛马，兴尽才停。晚间，住宿在巴里朗的一户藏民家里，又一次同他们共享了牛粪烧茶、围炉谈笑的乐趣。

1951年5月17日，从巴里朗出发，再向西行又进山沟，走过30里之后，又是一座大山需要攀越，山的名字叫赛瓦合，一作朔马拉，翻过山，25里到索马郎，再45里才到达了拉孜。

这一天，是我经过了长达62天的追赶式行军，经过了坐卡车、骑马、步行的连续跋涉，经过了一系列的雪山、冰河的跨越，终于到达了进藏部队先遣团先遣连驻地的日子。

这一天，我们在连队的生活才刚刚开始。

这一天，我们的高原行军才完成了一半，因为还要一步不少地原路返回。

这一天，我19岁零23天。

这一天，我回望我的诞生地北京和我的故乡济南，都已远在万里之外。

这一天，我来到了一个陌生的地方，见到的是陌生的人们，但却毫无陌生之感，西藏也好、藏民也好、部队也好、战士也好，都一见如故般的亲切。

拉孜，藏语意为“山脚”。西藏有两个拉孜，另一个拉孜在日喀则西面偏南、萨迦以西偏北的位置上。这个拉孜是个不很大的村庄，却也是从中路去拉萨的必经之地。在路边的高地上建有挤在一起的低矮的民房。下方的山沟里有一条不算小的溪流，落差很大，日夜哗啦地响着。北面有一座挺拔的大山，南面是比较平缓的山坡，东面则是我们刚刚翻过的海拔5000公尺的赛瓦合。附近好像也有座喇嘛寺，因为我一直没有去过，没有印象。再西行50里就是边坝了。

边坝是一个宗，此时是藏军东线的前哨，正与我们的一连相对峙。由于此时以阿沛·阿旺晋美为首的西藏地方政府和谈代表团，正在北京与中央人民政府的代表进行和平解放西藏的谈判，所以双方都按兵不动，相安无事。拉孜至边坝之间的50里地段，无形中成了非军事区。商人和平民都可以自由地来往。

在拉孜，我头一个认识的而且直到现在印象最深的人，是一连连长黄宗银。当时他22岁。

他19岁就当了战斗英雄，但却不是宣传对象，不是部队树立的学习榜样，因为他的优点和缺点同样突出，他爱憎分明、作战勇敢，同时有单纯军事观点，政策水平和组织纪律性较差，他干的有些事不需加工就带有传奇色彩。

黄连长是山东郓城人，是我的山东老乡，更是宋公明的同乡。家庭出身是地主，但在13岁上就参加了革命。这一年，正处在抗日战争期间，他家里发生了两件事：一是他的哥哥和敌人方面有勾结，被他这位少年爱国者拿着刀追得绕村子跑；一是由家庭包办，和另一家地主的女儿结了婚，女孩儿大他两岁。

解放战争期间，他在部队当通讯员，善于骑马、机枪也打得很准，这两大技艺，使他有了不小的名气。

在著名的淮海战役中，他曾经几次被评为战斗英雄，但也几次被上级将称号撤销，原因是同样的一个：枪杀俘虏。他嫌看守俘虏使他留在后边打不上仗，把俘虏“处理”了，自己好“上去”。

那时他当排长，又是枪瘾特大的机枪手。有一次，敌人刚出阵地，他就从战壕里用机枪扫射起来。营长跑过来责问：“谁打机枪？”他立即承认：“我！”“打枪干什么？”“敌人出动了。”

营长一望，敌人还只是一些很远的小黑点儿，就又问他："离这儿有多远？"他竟毫不含糊地回答说："400公尺。"营长心想，敌人明明在千米之外嘛，这小子凭什么说是400公尺？忍不住生气地说："你爬出去给我步量步量去！"他答了一声"是！"果然马上往战壕外面爬去。营长只好喊他："不要去了！"他才转了回来。

进军西藏前夕，他的妻子听说他要参加进军，去那个可怕的边远地界，来信劝他复员回家。他回信批判了妻子一顿，还打报告要求离婚，报告被营教导员撕毁了。到达甘孜时，接到家里来信说他的23岁的妻子已经去世。这段包办婚姻也就以女方的早逝而不了了之。

就在驻军甘孜期间，他不调查、不请示，自行召集其他连的干部到"神山"去砍柴烧。喇嘛看见了,要他赔钱。他说："你若是拿着你的神卖钱，我就全给你砍了！"结果喇嘛告到师长吴忠跟前去了。团政委杨军在电话中对他进行了具体的政策教育，他才带上赔款去给喇嘛道了歉。

无独有偶，在这位曾因"处理"俘虏屡犯错误的黄连长的麾下，有一位因酷爱打枪屡犯错误的战士，他叫陈金相，还是个党员。部队里，在不是对敌作战或者训练打靶的时候，是不准随便打枪和浪费子弹的。有一次，陈金相外出买东西，路上犯了枪瘾，打了一枪。回来以后，被黄宗银知道了，找他谈话。他说："子弹是我拾的。"黄连长说："不管你子弹怎么来的，就算是你用自己的津贴买来的也好，只要乱打枪就是违反纪律，"陈金相承认了错误。又一次，陈金相和司务长出去买东西，路上遇到很多野鸡。司务长说："打吧，打了到村里煮着吃。"他说："不能打了，连长知道了又要批评我。"

司务长说："咱不说谁能知道嘛。你看，这野鸡离咱多近！"他又忍不住打了一枪。回来以后，黄连长了解自己的战士就像了解自己一样，知道他的毛病不是那么容易克服的，便单刀直入地问他："是不是又打枪了？"他也直率地回答："对啦，就是又来了一枪。我知道错了，请支部处分我一次吧，要不记不深刻，以后还会犯，对我也没有好处。"黄连长请示了营部，营部决定关陈金相三天禁闭。他坐在小黑屋里，心想："家里知道我在外边为人民服务，谁知道我可在这里犯了纪律啦！"

他的倔强的脾气和干脆利落的作风，经常是用生动的语言表达出来的。有一次，连里要召开军人大会，由指导员总结一周的工作，指导员叫他也讲讲话。他说："你讲了还不行？分那么清干啥？"指导员说："工作一周了，你也说两句，给大家打打气。"他说："我怎么打气？我又不是气管子。"

有一次开饭前唱歌，有的战士没有立正，他批评说："集体生活就是要行动一致。有的同志两条腿底下能钻过两条狗去。"

我在一连担任兼职文化干事，可以说是他的下级，但他心里明白，我是来自他的上级机关大军区的文艺干部，一直对我十分客气。我同他在一起同甘共苦了38天，相处得非常愉快。我很敬佩他的优点，也能谅解他的缺点，我喜欢这个有个性的人。

在这期间，他突然奉命远行，去执行一项意外的特殊任务——北面的三十九族地区发生了内讧，有两个部落武装对峙，械斗一触即发。上级命令他带领一个班星夜赶往出事地点去进行隔离，帮助调解纠纷，维护民族和睦。这是个艰苦而又艰巨的任务，弄不好就会陷入敌对双方的夹击之中。

三十九族是藏东北的一片幅员辽阔的高原。过去它位于青海、西藏、西康的结合部。藏语叫"甲得松久索古"，蒙语叫

"索巴松久索古"。它的由来是，很早以前这里的游牧部落为了共同对付自然灾害和外敌入侵，共有三十九个部族主动联合了起来。明崇祯十年起归蒙古固始汗统治。清乾隆十三年起归清朝驻藏大臣直接管辖。清光绪二十五年，十三世达赖喇嘛上过奏折，恳乞将这一地区划归西藏，遭到清廷的训斥。清末民初，西藏地方当局乘内地混战之机，派藏军东征，统辖了三十九族，大肆迫害他们认为"亲汉"的头领，据九世班禅揭露，三十九族驻北京的代表彭楚，就被达赖割掉了鼻子。

三十九族原有七个宗，即：丁青、色扎、尺牍、巴青、比如、聂荣、沙丁。1951年5月，正是我到达它的南面拉孜的时候，索宗、边坝、嘉黎三县也划归中共三十九族分工委领导。所以拉孜的驻军也就有了调解部落纠纷的责任。

一天，我们正在劳动，忽然有战士大喊："连长回来了！"我们纷纷迎上去。只见他扛着机枪走在最前面，后面是鱼贯而行的那一个班的战士，沿着山下的小路走进了驻地。才短短十几天的时间，他们的脸更黑更瘦了，他们的军装更旧更脏了。连长的额头和鼻尖上又起了一层皮。他们除了微笑和不很自然的握手，没有多少话可说，含蓄和谦虚是这些战士共同的特点。黄宗银连长也只是说了一句平淡的话："完成任务了。"我问："怎么完成的？"他说："我们插到他们中间，我说，谁要是想打就先来打我们。他们一看是解放军来了，问题就解决了。"

有意思的是，这位战斗英雄，做事干脆泼辣的军事干部，个子却是小号的，脸也小得圆得跟娃娃一样，像是个戏曲学校里学唱小旦的学生。平常他不爱说，但爱笑，他的笑从不出声，是十足的腼腆的笑，绝对是小姑娘式的。

我一直没有忘记过我的黄宗银连长！不知他今在何方？

拉孜是一个海拔较高的山村，阳历的5月依然十分寒冷。当时从上级机关下到一连的还有一位摄影记者，他的名字叫武清泉，我至今保留着他在那时为我拍的一张照片，照片上的我还穿着皮大衣，戴着皮帽子，手中紧握着一支汤姆式冲锋枪。这枪是我借用的连里战士的,我觉得它比我的卡宾枪粗壮一些，配上我显得更威武。这是我在第一次进藏期间不多的几张留影中最神气的一张。

在我和赵骞到达拉孜以后不多几天，我们日前翻过的瓦合山就被大雪封住了，唯一能够前来运送军粮的牦牛运输队在大山的东面受阻。我们全连只好吃了整整一个月的糌粑，而且没有一点酥油，更没有任何蔬菜，直到5月底，才能从阳面山坡的低处挖到少许的野葱。这一个月的饭食，并没有给我们的肠胃带来什么不适，只是出恭绝不困难。经过这段时间的锻炼，我抓糌粑的技术动作的熟练程度，可以说与藏民一般无二了。我同糌粑也发生了感情，在之后的若干年里，每次回到藏区都要找点糌粑吃。我的好友、诗人丹真贡布，有时还从他所在的甘南藏族自治州托人捎一些来供我解馋。

丹真贡布是一位有才华的诗人，有见识的学者，有良知的作家，有骨气的文人。他是我最喜欢、最赞赏的藏族朋友之一。在诗歌创作上我们曾相互帮助，在人生道路上我们彼此沟通。在甘南、在兰州、在拉萨，我们都曾共同生活、共同吟诗、共同喝酒。可惜他英年早逝。临终前同我相视一笑，使我有泪不能流出。

他去了，好在他的诗不减不灭。他的诗是喜马拉雅山上的珊瑚树。

二十二、我的《建站日记》

自己动手盖房的军队——值得赞美的精神面貌——遗忘会导致弱智——宣布西藏和平解放，我宣读“十七条协议”

进藏先遣连在拉孜是借住的民房，战士们睡的全是地铺，而且十分拥挤。为了给藏民腾房，更为了方便今后来往军民的住宿，在与边坝藏军对峙的同时，全连的中心任务就是修屋建房，白手建起一座拉孜兵站来。

战士们对于打仗可以说个个技术精湛，但要盖房子却大多是生手。为此连里专门成立了工程队。请当地有盖房经验的藏民作我们的设计师和技术指导。大家每天的工作就是挖石、背土、打墙、和泥，按照梁、檩、柱的要求上山砍树。藏民们从来没有见过自己带粮食吃、掏钱买粮食吃的军队，更没有见过自己动手盖房子的军队。我每天都能看到他们既惊异又敬佩的目光。

我在前面说过，我的“文革”以前的数十本日记，统统毁灭于“文革”之中了。得以幸存的是我的几本资料性的生活笔记。在笔记之一《康藏社会与解放西藏》中，有一篇《建站日记录》，我开初翻到时，还以为全是我抄录的战士们的日记，一看题下的附注，才知道是出自我自己的笔下。附注写的是这样几句话："1951 年 5、6 月间，我随军在进藏中路之拉孜参加了步兵一五四团一营一连修建台站的劳动，下面是我专为修站写下的日记的摘留。"可惜它记录的只是施工中的点滴，而不是那段生活的全部，但也并非没有保留的价值。

从日记中看，我们在那个遥远的西藏的村庄里，做的是平凡的事情、过的是平凡的生活。但是人们的精神面貌、价值观念、工作态度都是永远值得怀恋和赞美的。

我觉得有责任不使这些记载继续埋没，正如不应埋没任何美好的东西。遗忘会导致弱智，不从咀嚼过去中吸取营养的人，难有现在和将来。

下面是我的《建站日记录》的全文：

1951 年 5 月 18 日

正在干活时，喇嘛吹起了集合的号筒，呜呜地响。一个战士说"火车来了！"又一个战士说："甭急，早晚会把铁路修到拉萨。"

对面的山离我们最近，只有它上面有可供盖房用的木料，但喇嘛寺说是"神山"，不让砍树。

有位老乡来帮我们挖土。

1951 年 5 月 19 日

下着大雪，大家情绪高涨，都说："雪再大也要干！"

1951 年 5 月 20 日

大雪夹着冰雹。几百斤的大石头被掀下河去，有时声如巨炮，有时声如机枪。战士们说："又打上昌都战役了！"

晚，办公会上，工程队提出要把墙向外移开一公尺。营教导员（按：当时一营教导员正从硕督来这里检查工作）等研究了一下，认为将来从这里修公路还可够宽，才同意了工程队的建议。

1951年5月21日

摄影记者武清泉拍了战士们自造的工具。

很多同志被石头砸破了手脚，但不停工，有的竟不让别人知道。

黄连长一直带头积极工作。大家看他如亲哥哥，但他只有22岁。

领导上号召每个同志都学会当工程师，将来到拉萨、亚东时还要更好的修建。

1951年5月22日

过星期日。清早上山打柴，烧水洗衣。

党团支部会上，指导员总结一星期来的工作。

一连党团支部生产修建工作决议：一、爱护工具；二、不踏庄稼，不上神山砍树；三、做好卫生工作，天气不好，不乱脱衣帽，睡觉要通腿，不因粗心碰伤身体；四、做好文娱工作，活跃部队，及时表扬好同志；五、坚持写墙报稿，做到排集体读；六、改善生活；七、反对领导上有军阀主义作风；八、发扬团结互助精神（思想互助，物资互助——主要是鞋子，体力互助）；九、抓紧时间，坚持文化学习；十、保证情绪高涨，反对先紧后松；十一、把这次思想学习中所获得的进步变为行动，贯彻到生产建设中去。

1951 年 5 月 23 日

藏胞帮我们用湿土打墙，并教我们砸土时的舞步。

开始每天有一小时的午睡。有的同志不睡，继续工作。

人闲工具不闲，休息的那一班就看书报，写稿子。

文娱工作很活跃，拉号子，独唱，念快板……

1951 年 5 月 24 日

粮食只够吃两三天了。本来准备度粮荒，不料据可靠消息，明天可到达 14 头牦牛，驮来糌粑面。

1951 年 5 月 25 日

大家一面干活，一面听我读报《长津湖畔奋战八昼夜》。有的同志眼里含着泪，干得更起劲了。

1951 年 5 月 26 日

一块石头从山坡滚下来，伤了三人，连部通讯员伤最重，头破了，但仍坚持背土。

打墙进度很快。墙是二尺五寸厚，很坚固。

工作中，同志们互相送茶，友爱气氛浓厚。

盐水搅糌粑，全连 130 人，每天吃 180 斤。

老武举办了进军照片一百张的展览。

1951 年 5 月 28 日

为了改善生活，晚饭后，大家去地里挖野韭菜，并杀了两头牦牛，准备明天吃饺子。

1951年5月29日

面不好，包饺子不行，改吃烙饼。

1951年5月30日

伙房同志向大家提出保证：一、保证菜里没有牛毛；二、保证把糌粑过净；三、保证茶水整天不断，送到工地。

1951年5月31日

唐友光同志病了，他对同志们说："我们正担负着艰巨的修建任务，大家都在紧张地工作，我不能干活，惭愧得很！"说着，他哭了。

班长们全去洛隆宗团部学习。

1951年6月1日

背土踏了老百姓的青稞地，赔了钱。

有的同志背土背得太重，山坡小路都是碎石，很滑，摔倒了爬起来笑一笑，再走。都感到少干了活是耻辱。

1951年6月2日

谁背土少了，有人就说他："你从哪里领的这四两大米？够吃一顿吧？"虽是玩笑话，也起了批评作用。

风沙刮得很厉害。病号刚好，都要求出病号房参加工作。组织上没有答应。

1954年6月4日

营部运来一部分工具，并运回已上交的皮大衣十余件。

1951 年 6 月 5 日

全连大会，宣布了和谈成功、西藏和平解放的消息。指导员特别提出不要有和平观念。

我朗读了《中央人民政府和西藏地方政府关于和平解放西藏办法的协议》全文。

把仅有的十几斤大米吃了一顿饭，并做了两个菜，一个是牛肉丸，一个是牛肉块。

开娱乐晚会，节目内容多是反映生产建设的。男女藏胞、喇嘛坐满了房上、地上，观至散会。幕是用雨布、帐篷接起来的。形式也极丰富，有快板，独唱，舞蹈，四川金钱板，京戏……等。

1951 年 6 月 6 日

因下雨，停工半日。各班领青稞去炒。

开始坚持生活制度的执行，对不午睡学文化的不再表扬。

与头人等研究到各处买酥油。

1951 年 6 月 7 日

雨后的天特别蓝。鸽子在云中飞着。

每天吃大牦牛一只。

都缺鞋穿了，有的下了工就打赤脚。

1951 年 6 月 8 日

连部的院子及外面的街道全用石块砌成了四尺宽的马路，共有数百公尺长。各排各班之间，皆有石路可通。老乡也大为高兴。这是下午雨停以后做出的成绩。以后再下雨雪也不泥泞了。

1951年6月11日

教导员自硕督归来，动员台站的工作要在6月底完成。

飞机已空投昌都，边坝已设了航空站了。

1951年6月12日

领导上动员学习《进军守则》。检查人马健康工作的布置及执行情况。

1951年6月13日

在新盖的台站旁，藏胞的小孩们也用小石头垒了墙，上架树枝，盖成了鸡窝一样的小屋。

1951年6月14日

连部又买得马五匹，骡一头，供进军之用。有的同志去远山砍树修马棚。

1951年6月15日

抓紧工作空隙，进行进军物资准备，如砍帐篷杆，用牛毛搓背包绳子等。

1951年6月16日

晚上，大家在房顶上洗了脚，月亮的金光已照遍山中。同志们有的谈着明天的工作，有的互相问答《进军守则》，有的谈论如何利用山泉疾流发电。

1951 年 6 月 18 日

15 间房子全盖好了。老乡，喇嘛都来参观。

拉孜站建成了！

面积：长 32.5 米，宽 20.02 米，共 6506.5 平方米。房子每间长 4.33 米，宽 4 米，高 2.8 米。屋顶铺土 4 公分。外墙厚一米。内墙厚 80 公分。

1951 年 6 月 19 日

把赵尔丰入藏时所盖的一座楼房泥补如新。

1951 年 6 月 23 日

教导员说："在这次修建中，提高了大家的建设信心。过去以为打仗还可以，但不是工程师，这次对大家长期建藏的思想是一个实际的测验。此外，对藏胞的影响也很大。"

这次修建中战士们所造的工具：编筐子 36 个，打墙的木杵 25 个，泥墙的木板 33 个，梯子一架，木榔头数把。

上面的这段日记，正是从我到达拉孜之后的第二天开始的，结束在我离开拉孜的前一天。它除了修建台站的一些情况，没有记别的什么内容，显然是在我的正常日记之外另纸写下的专题日记。也正因如此它才侥幸得以存活下来，没有和其他日记同归于尽。

从上面的记载中可以看出，当时由于一连没有通讯器材，也没有收音机，5 月 23 日在北京签订了"十七条协议"的消息，我们是在 13 天之后才知道的。记得在向全连宣布时，大家的脸上都挂满胜利的笑容和欣慰的表情，只是由于习惯了"一切行动听指挥”,再加上含蓄的性格,才没有出现一片欢腾的场面。大家在十分注意地听我读“十七条协议”的全文时，始终是轻松愉快的心情。最后，当指导员特意指出，不能因此产生和平思想时，大家的表情立刻就严肃起来，“晴转多云”了。当时我觉得他对好不容易得来的胜利喜悦“刹车”过早，应当让战士们高兴上几个钟头甚至几天。在谈判期间，我们同藏军对峙了几个月，他们都没敢有所动作，如今协议签订了，他们还敢来偷袭不成？至于下一步的事下一步再讲也不迟。但是在原则上他是对的，他尽到了一个位于前线的军人的责任，保持了一个政治工作者应有的警觉。好在他当晚成功地组织了一个军民同乐的晚会，补足了欢庆的气氛。

当年我在西藏前线给先遣连宣读的那张“十七条协议”的原件，我至今还细心地保存着。这是一张四开的白粉连纸，是用红色油墨印的。上边是横排的藏文，占了版面的大半，下边是竖排的汉文，占据版面的小半。位于左下方的最后一行字是“中国人民解放军西藏前线司令部政治部印”。每当看到它，就不由得想起我对一连全体官兵高声朗读的情景，被那遥远的回忆卷入自豪和怀念的漩涡。

“十七条协议”的全文如下：

西藏民族是中国境内具有悠久历史的民族之一，与其他许多民族一样，在伟大祖国的创造与发展过程中，尽了自己的光荣的责任。但在近百余年来，帝国主义势力侵入了中国，因此也就侵入了西藏地区，并进行了各种的欺骗和挑拨。国民党反动政府对于西藏民族，则和以前的反动政府一样，继续行使其民族压迫和民族离间的政策，致使西藏民族内部发生了分裂和不团结。而西藏地方政府对于帝国主义的欺骗和挑拨没有加以反对，对伟大的祖国采取了非爱国主义的态度。这些情况使西藏民族和西藏人民陷于奴役和痛苦的深渊。一九四九年中国人民解放战争在全国范围内取得了基本的胜利，打倒了各民族的共同的内部敌人——国民党反动政府，驱逐了各民族的共同的外部敌人——帝国主义侵略势力。在此基础之上，中华人民共和国和中央人民政府宣布成立。中央人民政府依据中国人民政治协商会议通过的共同纲领，宣布中华人民共和国境内各民族一律平等，实行团结互助，反对帝国主义和各民族内部的人民公敌，使中华人民共和国成为各民族友爱合作的大家庭。在中华人民共和国各民族的大家庭之内，各少数民族聚居的地区实行民族的区域自治，各少数民族均有发展其自己的语言文字，保持或改革其风俗习惯及宗教信仰的自由，中央人民政府则帮助各少数民族发展其政治、经济和文化教育的建设事业。自此以后，国内各民族除西藏及台湾区域外，均已获得解放。在中央人民政府统一领导和各上级人民政府直接领导之下，各少数民族均已充分享受民族平等的权利，并已经实行或正在实行民族的区域自治。为了顺利地清除帝国主义侵略势力在西藏的影响，完成中华人民共和国领土和主权的统一，保卫国防，使西藏民族和西藏人民获得解放，回到中华人民共和国大家庭中来，与国内其他各民族享受同样的民族平等的权利，发展其政治、经济、文化教育事业，中央人民政府于命令人民解放军进军西藏之际，通知西藏地方政府派遣代表来中央举行谈判，以便订立和平解放西藏办法的协议。一九五一年四月下旬西藏地方政府的全权代表到达北京。中央人民政府当即指派全权代表和西藏地方政府的全权代表于友好的基础上举行了谈判。谈判结果，双方同意成立本协议，并保证其付诸实行。

一、西藏人民团结起来，驱逐帝国主义侵略势力出西藏，西藏人民回到中华人民共和国祖国大家庭中来。

二、西藏地方政府积极协助人民解放军进入西藏，巩固国防。

三、根据中国人民政治协商会议共同纲领的民族政策，在中央人民政府统一领导之下，西藏人民有实行民族区域自治的权利。

四、对于西藏的现行政治制度，中央不予变更。达赖喇嘛的固有地位及职权，中央亦不予变更。各级官员照常供职。

五、班禅额尔德尼的固有地位及职权，应予维持。

六、达赖喇嘛和班禅额尔德尼的固有地位及职权，系指十三世达赖喇嘛与九世班禅额尔德尼彼此和好相处时的地位及职权。

七、实行中国人民政治协商会议共同纲领规定的宗教信仰自由的政策，尊重西藏人民的宗教信仰和风俗习惯，保护喇嘛寺庙。寺庙的收入，中央不予变更。

八、西藏军队逐步改编为人民解放军，成为中华人民共和国国防武装的一部分。

九、依据西藏的实际情况，逐步发展西藏民族的语言、文字和学校教育。

十、依据西藏的实际情况，逐步发展西藏的农牧工商业，改善人民生活。

十一、有关西藏的各项改革事宜，中央不加强迫。西藏地方政府应自动进行改革，人民提出改革要求时，得采取与西藏领导人员协商的方法解决之。

十二、过去亲帝国主义和亲国民党的官员，只要坚决脱离与帝国主义和国民党的关系，不进行破坏和反抗，仍可继续供职，不咎既往。

十三、进入西藏的人民解放军遵守上列各项政策，同时买卖公平，不妄取人民一针一线。

十四、中央人民政府统一处理西藏地区的一切涉外事宜，并在平等、互利和互相尊重领土主权的基础上，与邻邦和平共处，建立和发展公平的通商贸易关系。

十五、为保证本协议之执行，中央人民政府在西藏设立军政委员会和军区司令部，除中央人民政府派去的人员外，尽量吸收西藏地方人员参加工作。

参加军政委员会的西藏地方人员，将包括西藏地方政府及各地区、各主要寺庙的爱国分子，由中央人民政府指定的代表与有关各方面协商提出名单，报请中央人民政府任命。

十六、军政委员会、军区司令部及入藏人民解放军所需经费，由中央人民政府供给。西藏地方政府协助人民解放军购买和运输粮秣及其他日用品。

十七、本协议于签字盖章后立即生效。

部队从此转入了为执行“十七条协议”向拉萨和边防进驻的准备阶段。

我们到进藏部队中体验生活的任务至此告一段落，将转入进行剧本创作的阶段。

6 月 24 日，我和赵骞奉命告别了一连，离开拉孜，按原路向先遣团团部回返。25 日经宗卡回到硕督，又在一营营部住了一个星期，进行了补充采访。

我们的交通工具当然还是自己的两条腿和马的四条腿。

二十三、两个不同来历的副班长

自动参军的和解放过来的，进军西藏都立了功——他们一点也不会“推销自己”——雪山上急行军 36 小时——炊事员要把一口大锅从长江以北背到喜马拉雅

在我采访过的进藏先遣团的许多战士中，有两个来历不同的副班长，一个是一连七班的副班长陈会福，一个是一营营部炊事班副班长魏占标。陈会福原是由地方民兵自动参加了解放军的；魏占标原是在淮海战役中从国民党的军队里解放过来的。

进军西藏，两个人都立了功。

陈会福是山东安丘人，有一副山东人的标准体型——高大而健壮。在拉孜时，我曾请他谈一谈他的立功事迹，他说了些什么呢？

他先讲了他的家庭和参军的动机：

“我家中有十几口人，是个大家庭。我弟兄三个，我是老三。分家时分到了八亩地。汉奸队，国民党派夫，借粮，老糟蹋我家。后来八路军来了，我 21 岁上当了民兵，我哥当了民兵队长。敌人威胁说，如果再当下去，就烧我们的房子，杀光我们全家。

村里的形势一天三变，我受不了这个气，便在 1948 年参加了解放军。”

然后，他就直接把话题转到了进军西藏上。

“从甘孜出发时，背的东西很多、很重，有皮大衣、背包、机枪、代食粉筒……快有一百斤了。上级说不管用什么方法，只要能创造办法背走就行。我是党员，决心不掉队。那时，我是步枪组的组长，扛了一挺机枪，是扛的别人的。我会打机枪，但是怕出了毛病不会修，孟连长是打机枪的好手，我便一直跟着他。

“昌都战役打迂回，原本三营是先遣，他们走迷了路，多走了一百多里，等再拐回来就来不及了。我们一营便担任了先遣。我们到达恩达时，敌人已经被二营赶跑了。

“在这次迂回中，蹚了无数的冰河，都来不及脱衣服。走了 36 小时，在山里只睡了一小时，冻坏了，起来连路都不会走了。我们班长的腿肿得不能走路，他就爬着走，后来一野骑支的同志用马驮了他。

“有一股藏军逃出昌都以后，在山沟里睡觉。正好，掉了队的一排就在跟前，老乡跑来向一排报告了敌人的位置。一排因为没有上级的命令不敢去打,让敌人逃脱了。一排犯了错误。

“到恩达以后的第二天，发现恩达东北的一道山沟里有二百多藏军，三连上去，只打了一炮，他们就全部投降了。”

我听了半天，也没有听到他个人有什么英雄行为。他讲的都是大家经历的事，而且有的事有他在内，有的事他并不在其中。但我对他所讲的一切都感兴趣，我不愿像有些记者那样对采访对象作“诱供”式的提问。由他说好了。

陈会福接着说：“到了恩达便没有给养了。每连分得了三连缴获的十几头牦牛。每天每人只能吃到二两糌粑面。任何人不准在当地买任何东西,否则犯纪律。只能喝糊糊,喝饱了很胀,一小便又饿了。还要拔草,拔青稞麦根喂牲口。饿了20多天,盼来了牦牛运输队,每顿饭吃到了六两粮。”

最后,他才概略地说了一下纯属他个人的情况:

“我入伍后,作战五次,立连功一次、营功一次。1950年3月3日在五通桥入党,6月3日在甘孜转正。”

我说:“就这些?完了?”

他说:“完了。就这些。”

他不是故作谦虚,他的确不认为自己干出了什么与众不同的伟业。

其实,陈会福仅是在执行昌都战役迂回任务中的表现,也够突出的。从类物齐连夜急行军到恩达时,他的全班由于累和饿都掉了队,他则以超人的毅力扛了战友的一挺重25斤的机枪,和机枪连的孟连长一起走了120里。这是怎样的120里啊!是严冬天气西藏雪山中的120里,是在稀薄的空气中负重急行军的120里,是没有饮食、休息条件的120里,是必须争分夺秒地走完的120里。但他并没有述说他是如何走完这120里的,只是用“走了36小时”一句就带过了。

他和他们一点也不懂、半点也不会“推销自己”,部队还是给他和他们记了功。

那是个不会埋没英雄的年代,因为那个年代需要英雄。

下面再来说魏占标。

我是在回到一营营部的驻地硕督之后,用了6月30日一整天的时间,来了解魏占标这个人物的。

先是由营部的指导员向我介绍他的事迹：

“他是在淮海战役中被解放过来的。今年 38 岁。家庭是雇农，只有一间草屋。一直在炊事班工作，现任副班长。在甘孜入党，三个月的候补期，早已经转正了。

“渡江以后，曾在皖南立过团功。大西南进军到五通桥以后立了营功。进军西藏到甘孜以后立了连功。这次进军又评为团功。

“从甘孜出发，主要行动是进行昌都战役。在康藏高原上做饭不容易熟，水烧到七八十度就滚开了。炊事班只有他一个党员，他决心带领大家，不做夹生饭。他起早睡晚、摸索经验，实现了这个保证。

“他的身体并不好，一行军就背上一口大锅，这口大锅他从长江以北一直背到了大西南，又从甘孜挑到了邓柯。这时，上级考虑到在西藏行军比在内地艰难，叫他把大罗锅交了。开始他不同意，他说：‘我还要把这口大锅一直背到喜马拉雅山上去呢。’后来只得交了。他心疼了好一阵，又挑了个小些的罗锅。

“过海子山时，空气稀薄，他挑着罗锅等共有 60 多斤。到了驻地来不及喘息，就又回头去接掉队的同志。

“营部 12 个人的饭由他做，各班分开做，两个通讯员有时帮他一下。在恩达、硕督度粮荒时，他总是让营部的同志们先吃，剩下了他才吃。他每天给人和牲口担水五六担，还不忘做群众工作，去给藏民挑水。他的炊事班，直到晚上十点钟还有茶水。

“奔袭洛隆宗，要过八里朗后面的大雪山，他有病，还是坚持挑了两口锅和其他行装。

“他原先没有上过一天学，不识一个字。每天坚持学文化，每晚抄完了班课才睡。半年前学完了初小课本第一册，现在已经能看高小一年级的书了。

“班里有了问题,他先检讨。别人给他提意见,不管对不对,总是能冷静地检查自己。威信很高。

“营部投票选模范时，一共35个人，投了他34票，缺少的那一票，肯定是他没投自己。”

王营长对魏占标的介绍更为生动：

“他刚被解放过来的时候，我当副营长。当时我们从俘虏中挑选了一部分人当炊事员，其中有他。他一到营部就表现很好,穿着破鞋,整天给大家供水喝。没有和任何人闹过不团结。无论什么行动都要立功。讨论提拔他当副班长时，大家一听是魏占标，都说：‘行了行了，通过了！’

“行军中，每到一地，他就拾柴拾牛粪烧水做饭。有时部队要提前出发，他只睡一两个小时，大家还没起床，他已经把饭做好了。一次，他带病行军，挑着罗锅、油盐，但他坚持不掉队。他说：‘如果我一掉队，部队就没有饭吃。’我叫他把东西放在牲口上，他不干，咬着牙、歪着嘴，累了一躺、起来再走。他的担子上常放着剩饭、锅巴。从不浪费。一休息,他就喊：‘谁吃饭？’他的班长可不这样,行军中拣轻的挑。有时走累了,把猪油都扣在地上。

“由于连续地山地行军，鞋子很缺。他把留下的鞋子送给别人穿，自己却不穿。

“杨通事常犯纪律，他主动去谈心开导，说：‘这样不行啊，咱是为人民的。’”

听王营长谈完以后，我到炊事班去见魏占标本人。他正在一间小黑屋里筛大米。

他的脸、手、脚，被高原的强紫外线和常年的烟熏火燎共同制作得黑黑的。两个大眼睛闪着和蔼、谦逊而又坚韧不拔的亮光。我请他随便聊聊自己的工作情况。

他说："我们炊事班一共七个人，饭是我做。但是一过康定就做不熟饭了。我天天研究，连觉也不想睡。水煮几个滚也还是煮不熟。指导员也不知道是气候在作怪，把我叫到跟前说：'在关里你做饭做得很好，为什么来到这里就做不熟了？你不满意啊还是怎么的？'我很难过，也无法解释。到了甘孜，得了经验了，不是淘的问题，下米后要早撇汤，要撇干，一点不留。

"我是贵州人。在汉口码头上当搬运工人，被国民党抓了兵。淮海战役过来以后我很害怕。问我干啥，我说'干伙夫'。高营长就叫我当了炊事员。我看这部队好，不打不骂，还叫提意见。行军行到离我家 30 里的时候，领导问我想不想回家，我说不回去，家里啥也没有了。"

最后，他用形象的比喻谈了他对于进军西藏的认识：

"人家叫我们解放军，我说我们是打虎将。西藏是我们国家的后门，门外头有很多张牙舞爪的老虎，要进来伤害我们。我们就要守住大门，时刻准备打虎。"

这两位来历不同的副班长，其实有着共同的出身，那就是农民、中国的农民。这也正是组成十八军乃至解放军全军的主要细胞。他们朴实，耐劳，坚韧，善良；从亲历的对比中识别好坏，从别人的反映中评价自己。受宠容易惊喜，受惠不忘报恩。一般都会成为很好的战士，为自己所在的集体和所从事的事业建立功绩。

二十四、战士真实思想的另一面

他们是可爱的，但不是每个人都是楷模——“上级骗人”——“十七怕”——矛盾是不能掩盖的

我们说进藏部队是一支艰苦卓绝的英雄部队，就其整体而言，就其业绩而言，他们是当之无愧的，并不是夸张的溢美之词。但他们都是活生生的人，也就是说不是完人，更不是机器人。

为祖国统一、为人民幸福，勇于担当、敢于牺牲，毫无疑问是主流的精神、真实的思想。但我接触到了另一面的真实，正如只看见光明看不到阴暗的眼睛不是真实的眼睛，不承认另一面的真实也是不真实的。

我们这一代文人，在写文章的时候，总是要把“落后”的事物，不符合“正面宣传”要求的材料，小心地筛掉、剔除，掩盖了真实的世界。这是应当反思和改正的。

进藏的官兵们是可爱的，但并不是每个人都是楷模。这本来是一种常识，但是为了宣传的需要，或者出于片面的激情，就用浪漫主义替代现实主义。我也写出过“人民解放军，个个是英雄”的句子。其实，英雄部队也绝不可能每个人都是英雄。

作为诗人，对感受与感觉进行夸张，以致极而言之，是可以的，如“白发三千丈”、“燕山雪花大如席”、“边庭流血成海水”

之类，但如事关问题全貌和价值判断，则不可仅做正面记述。

经过了八年的抗战和三年的解放战争，指战员们都老大不小的了，亟须解决婚姻问题。战士是不允许谈恋爱和结婚的，干部要结婚也是有严格规定的，其条件是“二五八团”，就是你要结婚必须同时达到25岁、8年军龄、团级干部这三个杠杠。如本书第一节提到的，本来他们是要在四川安家的，突然改变了预想，要进军西藏，婚姻问题的解决又成了未知数。他们对此能毫无怨言吗？

我在本书的第十六节中曾经写到有的干部用金砖交党费，但也有的战士在交党费时并非如此大方。如前所述，那时在西藏只能用银圆，不能用纸币。银圆都是一元一个的，没有零钱。战士津贴微薄，想留攒几个帮助穷困中的家人，不愿多交党费。有个战士坚持只根据规定的收入比例数目交纳，竟然提出要把他的银圆砸下一半去。当时没有人理解他怜惜家人的心态、尊重他对于个人权益的维护，反而将此事作为笑谈。

进藏先遣团在停止西进、原地驻扎、等候和谈的日子里，进行了一次思想学习活动，对指战员的思想状况进行了阶段性总结。他们敢于暴露、能够正视存在的问题，体现了实事求是的精神。

部队在进藏以前，已经传达了毛泽东的许诺：“入藏军队可定为三年一换，以励士气。”进藏以后，又改变为要树立“长期建藏”的思想。这使广大官兵又要来一次思想大转弯。他们不能不回忆起过去的类似经历：当年曾提出“不打败日本不回家”；日本投降以后，又提出“不打倒蒋介石不回家”；蒋介石被赶跑了，又要进军西藏，还要长期建藏。他们中的绝大多数不是职业革命家，每个人对于自己的家庭、自己的工作、自己的未来，都会有具体的打算，只是为了服从命令而一再隐忍着，屡屡推迟着它的实现。现在，西藏和平解放了，任务完成了，“换班”不提了，“长期建藏”的口号使他们难以接受，于是把真实的思想暴露出来了，把不满和意见公开说出来了。在一五四团党委所写的《关于进军思想的总结报告》中，列举过这样一些反映：

关于长期建藏问题。有的说：“上级就是一步步地哄，从贵州哄到云南，从川南哄到西藏，这回又提出长期建设。”有的说：“上级还骗人！”有的说：“没人换班是鬼话，500万军队就抽不出一个军？”有的说：“长期到底有多长？弄清楚了才有个盼头。”

关于艰苦问题：一机连颜学典说：“俗话说旱不死的葱饿不死的兵，这回快饿死了。”一机连沈见淮说：“上级拿咱们当牦牛，用着了驮东西，用不着了草都不给吃。”一营归纳了十七怕：一怕吃代食粉，少吃了不饱，多吃了烧心；二怕度粮荒；三怕背的重；四怕爬大山；五怕行军蹚水，干部催快走，不能脱鞋袜；六怕打迂回，跑得疾；七怕病；八怕走黑路，摔死在山沟；九怕掉队被匪特杀害；十怕干部犯军阀；十一怕雨季，雨衣不顶用；十二怕风镜少，眼睛瞎；十三怕夏季缺干柴和牛粪；十四怕锅少，喝不上水，十五怕鞋少不够穿，十六怕鞋多背不动，十七怕过“穷八站”。（按：在进藏的道路上，过去也设有站点，基本上一天走一个站，根据每站的气候、柴草等情况，有“穷八站，富八站，不穷不富又八站”之说。）

上述的十七个怕，都很具体，也都是他们在进军西藏的途中遇到过的。战士们思想问题的产生都有其必然性与合理性。面对这些情况，上级固然也承认干部们“对部队思想的复杂性估计不足”，“有的不结合战士思想实际和单位实际而硬搬一套”，“怕战士提出具体困难，老想掩盖过去”，但也缺乏根本解决的措施，只能针对这些问题逐一进行解释；只能从理论上、从理智上去说服，收到安慰性、暂时性的效果。它可以取得战士的谅解，而不能从根本上消除他们的不满和疑虑，因为思想工作不是万能的，精神的力量如果没有一定的物质力量来支撑，是难以持久的。何况有的干部不善于处理内部矛盾，把本来是属于“落后现象”、“消极因素”的东西视为“敌情”，认为是由于对“吸收的新成分没有很好审查，还有特务分子没暴露”。

把合理的要求视为大逆不道，把实事求是地反映问题压制下去，无异于用纸包火。所以，五年以后，在西藏军区的领导机关又爆发了“五大部上书”事件，就是历史的必然了。

二十五、住进郎多庄园

创作反映进藏业绩的歌剧——住在郎多土司的家中——杨政委率队给我们送柴——我高烧得神志不清——郎多土司让我骑他的马——土司夫人也想吃奎宁

由营部驻地硕督回到团部驻地洛隆宗的日子是1951年7月3日。

七八九月是西藏的黄金季节，“七八九，正好走”的谚语是讲得不错的，这期间，一般海拔六千米以下的山上的积雪，都在强烈的阳光下迅速消融了。洛隆宗的色调，也从淡黄变成了浓绿。

陈野民决定，我们在团部住下来开始构思反映部队进藏业绩的歌剧剧本。既然体验了生活，就得出成果。

部队领导也作了两条决定：一是从师文工队和团宣传队各抽调两名文艺干部，跟我们一起讨论，向我们学习创作；二是让我们住到离街道较远的郎多土司家里，环境比较安静，生活也方便些。

我们七个年轻的文化人，我们七个解放军干部，再加上团部给我们配备的一名炊事员，一行八人，从洛隆宗的市街南行数里，住进了郎多土司的庄园。

郎多大概是这一带最大、最有势力的土司了。可惜对他的家族的历史，没有来得及调查。他中等偏高的身材，显得过于肥胖了。他极少同我们交谈，可能与语言障碍有关，也可能觉得不好打扰我们，或者是天生的沉闷性格。但他对待我们礼仪有加，生活上也很关心。他执意每天清早让家奴给我们送一大筒煮熟的鲜牛奶，并说他有足够的奶牛，又不缺钱，不让我们付款。我们则反复说明不能违反解放军的纪律,最后达成协议，每天付一块银圆。关于他的年龄，或者我们没有问过，或者问了以后又忘记了，但是满脸的皱纹和臃肿的体态说明他已经不年轻了，大约有五六十岁吧，但他的妻子只不过 20 岁左右，也是一个贵族的女儿。他们有个两三岁的可爱的小女儿，名字叫扎西卓玛，我经常抱着她玩耍。

郎多庄园占地很大，前后左右一套又一套的宅院和藏式楼房构成了气势宏伟的城堡。宅院的四周是丛林、小河、田亩、草地，十足的田园风光。我们有时就坐在大门外林中的垫子上讨论创作。

我们被安排在一个僻静的小院里，在宽敞的北房的木地板上搭了地铺。那个年代我们无论走到哪里都是背着背包的，无须麻烦房东准备铺盖。我们七个人像一个班的战士一样，一个挨一个地排列着睡在一起，充分体现了集体性强和官兵一致的作风。

杨军政委又同我们见面了，他非常欢迎我们在他们的驻地住下来搞创作，而且从不干预、从不打扰，表现出对我们的高度信任和尊重。

一天早晨，我们刚刚起床，忽然发现有一支队伍沿着田间的小路浩浩荡荡地向庄园开来，每个人的身上好像还背着什么。我们觉得有些奇怪，这么早，这么长的行列，朝这个方向来干什么？等他们走近了，才看清领头的是杨政委，后面跟着团部的全体干部，每个人的身上或肩上都有一捆柴。我们问这是怎么回事。杨政委说："给你们送柴烧啊。"我们都感到意外，很不好意思。作为团政委，他竟然出了这样的主意，兴师动众地"负荆"前来。他解释说："反正大家每天早晨都要集合跑步，带点柴来，也等于是出一次早操嘛。"这件事，使我们非常感动。尤其让郎多土司震惊不已，他脸上的表情好像在说："住在我家的到底是什么人物？连大'本布拉'（长官）都亲自给他们送柴。"

我们七个人开始了歌剧剧本的创作。每天坐在一起反复地讨论，先是主题、事件、人物，再谈故事、情节、结构，然后搞分场内容、唱段设计，最后是写出尽可能详细的全剧提纲。在讨论中，真正是做到了"充分发扬民主"，是地道的"集体创作"。

这是我第一次参与集体创作，大家和和气气，合作关系不错。以后的几十年中，我又勉强地被分配参加过多次集体创作，但几乎没有一次是愉快的。

在中国，在一个很长的时期内，因为自上而下都认同革命事业是集体事业，人人都要加强集体观念，无论干什么都要采取集体方式；又因为这场革命的特点是武装夺取政权，这种集体方式就进而成了军事化方式，不论哪个行当，不论哪项工作，都习惯地被认为也同样是一种军事战斗。文学创作活动岂能例外？多年来，几乎所有文艺方面的领导人都是这样做的，他们不知组织领导了多少次集体创作，不知总结了多少所谓先进的经验。如"领导出思想，作家出技巧，群众出生活"，"集中优势兵力打歼灭战”，“分头执笔”，“突击”，“攻坚”，“献礼”，“三个臭皮匠顶一个诸葛亮”，“发动大家出点子”，“大兵团作战”……总之是喜好用人海战术办文艺。其实，决定力量大小和智慧高低的最根本的因素，不是数量而是质量，如果把人多视为制胜的保证，起码是机械唯物论的观点。“臭皮匠”的素质同“诸葛亮”的素质根本就不在一个档次上，否则，司马懿只需找来九个“臭皮匠”，孔明非被活捉不可。

从理论上，人们也不得不承认文艺创作有它自身的特殊规律，是最具个性化的创造活动，可悲的是谁要是强调这一点，谁要是在实践中抵制集体创作，赐一顶“个人主义”的帽子是最轻的判决。这种情况的长期存在，不知扼杀了多少有才华的作家和有个性的作品。如果不是用军事的方式、军事的手段甚至是瞎指挥做法来对待文艺创作，我们的文艺成绩会比已经取得的要大得多得多。这些看法，只能是现在的反思，在当时是不可能有也不敢有的。

我们七个“臭皮匠”为了争取达到“诸葛亮”的水平，可以说是废寝忘食地、形影不离地、专心致志地进行讨论。记得当时我曾用一首小诗描绘过这种紧张情景，至今我还未忘的一句是“梦里也是剧中人”。

就在这期间，我得了一场大病，一会冷得浑身抖，一会热得如火烧，神志不清，食水难进。开始以为是患了重感冒，吃了些药，出了几身大汗，把衬衣和被褥都湿透了，依然不见好转。

请来了团卫生队的一位男医生，诊断后的结论是我患了“不规则疟疾”，也就是恶性疟疾。根据我的卫生知识，这种病是通过蚊子的叮咬传染的。西藏虽然水草不少，但我不曾见过有蚊虫，大概因为天气太冷，雪水太凉，昼夜温差太大，蚊子很难滋生。我想，我一定是在四川得的病，被那里的蚊子咬了以后，病菌在体内潜伏了两个多月，现在才发作。

医生每天从几里地外的驻地赶来给我打奎宁针，外带叫我吞吃奎宁片。治了几天以后，再加上本人的体质不错，我就能起来了。但是医生说不能立即停针停药。我提出不要再劳累他每天前来了，我可以自己走去打针。郎多土司知道了，认为我大病初愈，身体比较虚弱，主动表示让我每天骑着他的马到卫生队去，我接受了他的好意。每天上午，他的家奴准时替我把马备好，供我准时出发。这是一匹非常矫健的黑色走马，翻田埂，过小河，迅速而平稳，能够十分灵敏地听从我用动作和声音给它的一切命令。

靠了那些姜黄色的药水和药片儿，我的病很快好了。奎宁很有效力，也真够厉害，一直到回到了重庆，我的尿还是黄的。

郎多土司的年轻夫人起初见我病得那样重，以为我肯定是活不成了，后来看到我竟然好了，显然出乎她的意料，她不理解怎么会有这样的奇迹,特地来问我究竟吃的是什么灵丹妙药。我拿出奎宁片儿给她看，对她说：我吃的就是这个。她惊奇地望着这些黄药片儿，把它看作是神力无边、包治百病的宝物。她说她也想吃，让我送给她一些。我听说奎宁会破坏受孕，摇了摇头对她：你不能吃，吃了就不能生娃娃了。谁知她听我这样一说，反而高兴起来，向我要得更坚决了。她说她正好不想再生娃娃。那时，不但没有计划生育这一说，而且一切都要学习苏联，包括提倡妇女多生孩子，争当母亲英雄。我岂敢让人节育？所以，不论她怎样请求，这奎宁，我始终没有给她一片。

二十六、贺龙司令员对我们的创作不满

给全团连以上干部朗读剧本——告别先遣团，不领呢子军装——回到重庆，《荒山变乐园》就“荒”了——贺龙的批评只有一句话——苏策的感慨

我们在郎多土司家里尽力发挥了一个月时间的集体智慧，终于把剧本的详细提纲拉出来了。记得一共是六场，剧名暂定为《荒山变乐园》。因为我们是在先遣团体验生活的，这个团当时的中心任务是修建台站，我们亲身参加了的也是修建台站，于是修建台站就当然地成了这次创作的首选题材。这也是顺着由“兵写兵”、“写中心”的倡导形成的惯性来干的。同时我们也认为，在世界屋脊的大雪山上修台站，与大自然作殊死的搏斗，是一种十足的英雄业绩，是很应当歌颂的。

提纲的确写得很详尽，读起来是有头有尾、有鼻子有眼儿的。但是没有来得及写唱词，只在该唱的地方写下了歌词大意，因为写唱词是需要专门才能并要费时推敲的。

那是8月上旬的一天，正好全团的连以上干部在团部开会，杨政委特意安排了一个整天的时间，让大家上半天听我们朗读剧本提纲，下半天分组讨论，提出意见。我们非常满意这种做法，非常感谢政委的重视。朗读是由陈野民、赵骞和我分工接

力进行的。杨政委亲自主持了大会和讨论。讨论中自然是一片赞扬之声，试想，我们从远在重庆的上级机关特意跑来，长途跋涉到他们的驻地，参加了他们的劳动，歌颂他们干过的事情，他们能不赞扬么？

先遣团在忙着西进拉萨的事，我们三人也基本完成了任务，就要东返重庆了。洛隆宗一片热气腾腾，却已经到了惜别的日子。在当时，营级以下官兵都穿布军装，只有团以上军官才能穿绿呢子军装。但是上级考虑到，先遣团是我军第一支进入拉萨的部队，给每个人都发一套呢子军装，外加一支苏式冲锋枪。团领导认为我们三人都是先遣团的兼职干部，理应享受先遣团的待遇，也要发一套呢子军装。陈野民则代表赵骞和我坚决表示不要，理由是我们并不跟与他们一起继续西进拉萨；再说，装备从内地运来十分不易，我们再穿回去岂不是物资倒流，会造成国家运输上的浪费；另外，我们三人都不是团级干部，回到内地也穿不出去。说实话，我们谁也没有穿过呢子衣服，不眼馋是假的，按现在的说法叫“不要白不要”。但是我们提出的不要的理由说服了先遣团的领导，接受了我们不领取的意见，还表扬了我们一番。临走时，我们只领了一大铁筒压缩饼干，以备路上的不时之需。由于沿途的兵站设施越来越好，这筒饼干一直带到新津还没吃完。

我们于8月14日回到昌都，又在五十二师师部生活采访了十几天后才继续东返，于9月10日返抵甘孜，29日回到重庆的浮图关上——我们文工团的驻地。这时，才知道进藏先遣支队已经于9日举行了拉萨入城式。我的心不由得也跟随他们飞进了拉萨。我的怀念被绵亘的雪山阻隔得好远好远啊！

我们三人的进藏情况和所写剧本的题材内容，由领导向贺龙司令员做了汇报,但是没有人向我们转达贺老总有什么指示,也许贺龙当时没有表态。时隔不久，就传来了一个无可怀疑的消息：贺龙司令员在一次大会上做报告时提到：“我们有三个同志到西藏去搞创作,跑了那么远,很辛苦,却写的是修房子。”批评的话不多,可以说只有一句,但是明白地透出了他的不满、他的遗憾。

于是,陈野民以敢于承担责任的高姿态,不告知我和赵骞,他一个人署名写了一篇检讨，发表在西南军区的内部刊物《文艺工作》上，题目好像是《对于〈荒山变乐园〉的检讨》。这时我已返回西藏，也不记得他究竟检讨了一些什么了。

从1949年的西安，到进军四川的途中，从成都到重庆，我曾多次见到过贺老总，聆听过他的讲话。他的英雄业绩使我非常敬佩，他的豪爽的谈笑使我感到亲切，但是他的统帅的威严也使我不无畏惧。1953年在北京，为了创作拍摄反映修筑康藏公路的大型纪录影片，我随解放军电影制片厂厂长陈播同志去贺老总家中,在向他请示汇报时,到底也没有敢问他对《荒山变乐园》究竟是什么意见。

多年来，我经常想起他的那次批评，我想，他不满意的是我们所选定的题材，即“修房子”。我们没有能够从解放西藏这一伟大行动的全局进行宏观的把握，对它的历史渊源、时代背景、深远意义缺乏思考，对于人与自然的关系、民族之间的关系表现浮浅。我们只是就事论事地、孤立地写了一次盖房劳动。如果就这样搬上舞台，怎能不使渴望观赏西藏题材作品的观众失望?

贺老总是对的!

我的老上级、老红军作家苏策，看到了我上面的文字，他在一篇文章中写了这样一段话：

高平的这段“检讨”很虔诚。我想我在西南军区政治部任文艺科长时，如果听见他这样说，也会认为“很对”。但我在 1954 年到康藏公路修路部队生活了一年，1955 年正式到西藏军区政治部任文化部长后，我就觉得对《荒山变乐园》的批评值得商榷。

1951 年，我在云南军区任文化部副部长时，负责文艺创作。至于怎么写——反映边防部队斗争生活——上级无人过问，也就是对我们投了信任票。我调到西南军区后，冯牧来接我副部长的班接着干，于是云南部队涌现出了许多新的作品、新的作家。

我到拉萨上任后，当然想把文艺创作搞起来，但是不行了。因为限制很多：边疆斗争不能写，进藏作战不能写，上层社会不能写，宗教问题不能写，民族矛盾不能写……很多同志问我怎么办？我请示上级——西南军区文化部长陈斐琴，他思索一番后回答说：“告诉大家，不要顾虑，写出来再研究吧。”我就根据他的指示写了一篇短文发表在《西藏日报》上，中心意思是：不要管那些禁忌，写出来再说。后来它就成为我被划为右派分子的主要“罪证”。

1958 年，苏策部长继我之后也被划为“右派”分子。此事说来话长，就此打住。

第四章

从拉孜到拉萨

二十七、重返西藏

25 个人调入十八军——修筑川藏公路——三年中的个人大事记

第一次进藏我就爱上了西藏。返回重庆以后，我向组织上打报告，要求调到西藏去。正好，十八军后方部队司令员陈明义到重庆来向西南军区要文艺干部，军区首长立即给予支持，从我们西南军区政治部战斗文工团选定了 25 名创作、演出人员正式调入了十八军。当然包括了二次进藏的我和赵骞，另九名男同志是王国梁、针钢、张质彬、孟璋、李映池、白乐安、宋国庆、胡然、金维丰；14 名女同志是立兵、郭慕虞、杨星火、冯世敏、李俊琛、苏祖惠、张莲桂、赵静如、白霓、韩秀霞、曲虹、陈述、张心一、张秀年。

在这 25 人中，后来结为伉俪的有赵骞和郭慕虞、宋国庆和白霓、针钢和苏祖惠、高平和张秀年。目前，已知逝世的有王国梁、赵静如、赵骞、陈述、杨星火、立兵。每当忆起这些老战友，豪迈与遗憾、祝福与哀悼种种复杂的感情就会交织在一起。青春的身影与巍峨的雪山永远并立在记忆之中。

我能二次进藏，感觉如归故里。后来知道，毛泽东曾经说过："进军西藏，对党的事业、对人民的事业好处很多，是党员要举手去。"我那时并不是党员，却也自动举手去了。可以毫不夸张地说，在那些年月，孔繁森式的人物是成千上万的。

在拉孜时，我与进藏先遣连分手，他们西进，我们东归；他们很快就进入了拉萨。他们从拉孜到拉萨只用了两个月，我从拉孜到拉萨却用了三年。因为我在从 1951 年年底到 1954 年年底这三年中，是跟随着修筑川藏公路的部队向前移动的。

在这三年中，我西进拉萨的路线只有从重庆到昌都为止是重复的。第一次是从昌都向西在嘉裕桥过怒江再往西进驻到拉孜；第二次则是从昌都向西在另一个地方过怒江，然后折向南，经邦达草原，到然乌湖，再折向西，穿越整个波密地区，翻越色霁拉，经林芝再翻米拉，最后渡过雅鲁藏布的支流拉萨河进入拉萨。

在这三年中，我参加了修筑康藏公路（后改称川藏公路）部队的劳动，住过第五十三师、第五十四师的许多连队、营部、团部和师部，住过修建司令部。重点参与了架设怒江桥、在波密森林中背粮的劳动，参加了嘉隆坝会议、东西两线筑路部队的巴河桥会师和康藏、青藏两公路通车的典礼。

在这三年中，我的文学创作进入了高潮期。我为文工团写了不少演出节目，还写了不少诗。其中歌剧《运输线上》，诗歌《打通雀儿山》《接岗以前》《康藏高原的誓言》在"西南军区 1953 年文艺检阅大会"上获得文学艺术创作一等奖。领受了由司令员贺龙、政委邓小平签发的奖状。

在这三年中，我作为部队的文工团员，基本做到了上级要求的"一专、三会、八能"（一专：专本职业务；三会：会作战时宣传鼓动工作，会辅导连队文娱活动，会培养基层文娱骨干；八能：能教歌，能教群众舞蹈，能说快板，能演奏一种乐器，能搞一项体育活动，能写美术字，能办黑板报，能布置连队俱乐部。）我虽然是创作员，但需要时演戏、唱歌、伴奏、舞美我都干过。

在这三年中，我曾被借调到解放军电影制片厂，参与创作了大型文献纪录片《通向拉萨的幸福道路》和短纪录片《战胜怒江天险》。前者获了第九届卡罗维发利国际电影节报导纪录片奖，后者获得了中央文化部颁发的一等奖。

在这三年中，我荣立了二等功，被评为模范青年团员。1953 年，作为“中国人民解放军英模代表团”的成员去北京，在天安门前的观礼台上参加了“五一”观礼。期间，聆听了朱德总司令的讲话。

在这三年中，我又得了一次大病。那时是在九月份的甘孜。西藏军区后政体工队的女排代表队正在那里集训，我提议我们几个小伙子同她们进行一场比赛。开始大家怯战，不同意打，说人家是专业的，我们是业余的，肯定打不过。我说，她们是女的，我们是男的，不会输的。结果我们拼尽了全力，比赛的结果竟然是 3∶0，我们真的惨败在女子手下。我很不服气，心里憋着一团火，带着满身的大汗，就近跳进了一条水渠去洗澡解热。雪山上融化下来的雪水刺骨的冰冷，当时倒觉得挺痛快，夜里就发了高烧，一下子就烧到了 41 度。我被送进雅砻江南岸的军医院。经过灌肠以后，竟又患了急性肠炎，一天便血多达 30 多次，不几天就面如黄纸、骨瘦如柴了。好在年轻，体质不错，半个月后就出了院。人说性格即命运，我说知识也是命运，浑身大汗不能往冷水里跳，我遭此一劫就是因为没有这个知识。

二十八、我们的“五号儿”

难忘陈明义司令员——统领着十八军三分之二的部队修成了康藏公路——骂自己的战士是“土匪”——“高平啊，吃了亏啦！”

我在西藏的八年期间，尤其在修筑川藏公路的三年中，有两位已经去世的老首长是我永远不能忘记的，他们是“康藏公路修建司令部”的司令员陈明义和政委穰明德。每当想起他们，心中就充满敬爱，感到亲切，是名副其实的良师益友。

进军西藏之前，陈明义将军担任十八军参谋长，是军的五号首长。（军长是一号，政委是二号，副军长是三号，副政委是四号，参谋长是五号）进藏开始到50年代前期，他担任十八军后方部队司令员兼政委，康藏公路修建司令部司令员，西藏军区副司令员。领导着全军四分之三的部队在原西康地区开展工作，组织支持运输和开荒生产，修建甘孜机场和康藏公路，建立了不朽的功绩。我们却仍然叫他“五号儿”，并且一直叫到现在。倒不是出于习惯，实在是因为只有这样称呼心里才热乎乎的，也才能唤回那段历史、享受那种亲切、重温那份情缘。

我第一次见到“五号儿”是在重庆,时间是 1951 年 10 月。他那时正请求西南军区首长支持他一批文艺战士，我就是其中之一。他给我们做了个西藏的形势报告，重点讲了修筑甘孜机场的情景，使我们受到很大的教育和鼓舞。从那时起，直到几十年后的现在，他的很有特点的形象，在我的心中鲜明极了，他的炯炯的目光，挺直的腰板儿，有点瘦小却更显精干的身材，很讲仪表的整洁可身的穿着，掺着安徽口音的河南话……都没有改变。

1951 年 11 月，我二次进藏。途中，在一个落雪之夜，写出了歌词《打通雀儿山》。“五号儿”聆听了在甘孜的首场演出，给予了热情地赞扬。之后，他在做报告时，给指战员做思想工作时,经常引用其中的一句词说 :“同志啊,‘不通也要通’啊!”

“五号儿”喜欢文艺，关心文艺团体，对我们文工团的创作和演出非常支持，可以说是每一台新排的节目他都来看，有意见时总是采取商量的态度、启发的做法，和我们一起研究修改。从不用行政命令的方式领导文艺工作。对于文艺工作者，重视发挥他们各自的所长，耐心帮助克服其缺点。所以他的话大家都爱听，都信服。但他并不是一位“老好好”，对于严重违反纪律的行为，他是很严厉的，甚至会骂人。记得有一晚在礼堂看电影，因为没有电，用的是发电机，为了减少噪音，尽可能把发电机放在远处，皮线拉得很长。有的进不去看不上电影的战士，竟然在外面把电线剪断。影片突然停映，全场一片漆黑。“五号儿”听到汇报后，大步走出礼堂，站到台阶上，我听见他高声骂道 :“这是部队吗？是土匪嘛！”礼堂内外鸦雀无声，一会儿，发电机又响了。

修筑康藏公路的年代，在司令部的帐篷里，在炮声隆隆的工地上，我多次看到他的到来，听过他的讲话，望见他与穰明德政委在一起的身影。穰明德当时任西南军政委员会交通部副部长、康藏公路修建司令部政委，和他同是经过了长征的战友。他们在工程技术方面也有过矛盾，以陈司令员为首的施工部队比较强调工效和进度，以穰部长为首的工程技术人员比较强调标准和规程。但他们在总的方面是完全一致的,合作得很好的。后来我动笔写作《修筑川藏公路亲历记》之前，去成都军区向他汇报时，陈司令员还特意指示我说："要好好地写一写穰明德，他很积极，一直在工地啊！"

在世界屋脊上打通15座大山，开始是在四五千米的高海拔上与风雪冻土、悬崖陡壁搏斗，后来又在原始森林中与洪水、塌方、泥石流较量，其业绩之伟大，其士气之豪壮，其代价之巨大，可谓史册永垂！难怪全线通车的前夕，在拉萨的一个夜晚，他对我回顾了康藏公路的修筑后感慨地说："反正修通了，阿弥陀佛呀！"康藏公路与陈明义的名字将永远镌刻在一起。

1955年的"肃反运动"中，由于我和诗人前辈胡征同志有过来往,被怀疑为"胡风分子",当了"重点"。事后我想不通，曾向"五号儿"诉苦。他开导我说："我在长征途中被俘过两个钟头，还审查了我十年呐。"他使我懂得，革命不但要不怕牺牲，还要能够忍受各种意外的巨大的委屈。后来我被错划为"右派"，之所以能乐观地挺了过来，与他的那次现身说法不无关系。

"五号儿"是一位身经百战的军人，也是一位很重感情的老人。60年代以后，他知道我转来甘肃工作，那正是他曾经在西路军中与马家军奋战河西的地方，他见到我时，就仔细地打问祁连山的某个地点、长城的某处烽火墩，是不是还在。

1986 年 10 月，他代表徐向前元帅来河西走廊出席红军西路军烈士陵园落成典礼时，含着热泪到各处寻访房东和恩人，充分表达了感念之情。他还到了安西榆林窟，得知曾经掩护过他的道士郭元亨已经羽化，十分痛惜。便特意让画家高山为他临摹了一张窟中的水月观音菩萨像，借以追忆往事，怀念故人。

在以后的许多年中，我每次到拉萨或到成都，都要先打电话联系去拜望他，而他一得知我来，总是不等我去就立刻驱车到招待所看我，总是长时间地拉着我的手问寒问暖，从工作、生活到家人、战友问个遍。提到我受到不公正的待遇时，以慈爱的口吻慰问我说："高平啊，吃了亏啦！"

我是不怕吃亏的，有时还自觉自愿地找亏吃，虽然因此失去了许多本应得到的东西,也因此忍受了许多本不应遭的厄运，但我从未后悔，说这是革命精神也罢，阿 Q 精神也罢，宗教精神也罢，但与老首长的教导是一致的。因此，我经常怀念部队，怀念我们的"五号儿"首长。

他是河南商城人。1917 年出生。跟随徐向前参加过长征。我和他最后一次见面是在 2000 年 7 月 20 日，我专程到成都军区总医院去看望他，他精神还好，只是视力已近乎完全丧失。我拿出他一直关心的《修筑川藏公路亲历记》的部分打印稿让他抚摸着，我说"我已经写了这么多了。有时间的话，让护士念给您听。"

我们的"五号儿"于 2002 年病逝，享年 85 岁。时为成都军区副司令员。

二十九、穰明德政委

请工人喝酒——坚持科学施工——公路不能像“狗啃的”——他说“我是个没有读过书的人”，却写出了一本专著

在修筑川藏公路的日子里，在绵延两千公里的工地上，经常听到人们说到穰部长、穰青天、穰政委，其实都指的是一个人，他的名字叫穰明德。可以说川藏公路的每一公里的路基上都留有他的脚印。

要修筑川藏公路，首先要打通“康青段”。康青公路又称雅甘路，起点是雅安，终点在甘孜。全长603公里，需穿越二郎山、折多山，青衣江、大渡河等复杂地形。它是在抗日战争时期修筑的,路基粗糙简陋。1940年10月15日曾经举行试车，颠簸了五天，才有一部小车勉强到达了康定。到1946年，这条耗时四年半、先后征工13万余人、死伤九千人的所谓公路，就被水冲毁废弃了。陈明义司令员和我谈到康青路时，用不屑一顾的口气说：“它没有正式通车。实际上是我们重修的。”

重修康青路，第一个接受任务的是穰明德。贺龙司令员对他说：“我给你命令，9月1日通车甘孜。”

修复康青路，有三大工程最为艰巨，即二郎山、橡皮路、

八大桥。

那时所谓的八大桥，其实只是些木头架起来的便桥，现在看来都是算不得什么大工程的小桥了。当时还可以勉强通过，用来运输进藏物资，起的作用很大。事不凑巧，本来就摇摇欲坠的这八座桥，当穰明德赶到工地时，正碰上下大雨，一夜之间全部冲毁了。而此时已经到达甘孜的进藏先遣部队，正在粮荒的逼迫下，勒紧着腰带，靠寻找野生的动植物度日，日夜巴望着公路的修通、汽车的到来。

西南军区批准了穰明德的意见，从重庆派来两架飞机，送来了工程师和器材。贺龙司令员答应了拨给他们所要的钢材，以致使成渝铁路的铺轨推迟了三天。

架设钢桥，当时在他们是缺乏经验的。穰明德部长承认“那时连 18 公尺长的钢架都摆不上去。”

抢修仙人桥时，如何把 30 吨重的根基钢架拉上去就成了问题。施工人员众说纷纭，一人一套办法，有的人甚至主张用绳子吊。

遇到难事善于找群众商量的穰明德，带了一瓶酒（他直言不讳地向我表明过“我爱喝酒”），四两花生，还有二斤面，找到了三位比较有经验、懂技术的工人，请他们为架设钢桥出主意，同他们碰了杯。工人们哭了，他们说：“做了一辈子工人，还没有这样一位首长和我们碰过杯。”工人们发誓要把桥修成，当即提出了可行的方案。穰部长说：“你们不能走，先到房子里去休息。我去找人算账。”

穰部长知道，工人的理论水平不够，单靠工人还是不行的，他要去找工程技术人员进行计算。国民党和美国的安全系数是 5，计算的结果则是 1，甘城道工程师不安地说：“少了一些！”

这时，正好汽车十六团的团长来了，又将两台吊车调来，使安全系数达到了4，合乎苏联的标准。

架桥成功了！

1951年5月12日，根据西南军区的决定，成立了康藏公路修建司令部，陈明义任司令员，穰明德任政治委员。张忠任副司令员，王其梅任第二政治委员。周恩来总理电示中共西南局："决定穰明德同志为党中央、毛主席派到西藏负责修路的全权代表。

在公路的修筑中，少不了勘测先行。

穰明德政委一直直接指挥着六百多人的勘测队（组）。他对我讲过："测量设计是一切基本建设的关键。政务院决定，没有测量设计不准施工。"他在平时的谈话中，对于踏勘队的艰苦卓绝的表现赞扬有加，他还在一篇题为《我国公路史上的奇迹》的文章中写道："拿（康藏公路）路线的勘探与测量来说，就有十多支踏勘队在千山万水之间进行了探索。他们有时在原始森林里露宿，有时在石崖上和山洞中过夜，翻越了200多座大山，徒步行程1万多公里，提出了7条比较线；收集、积累了大量的第一手资料并计算出许多原始数据，为选择最佳线路提供了重要的科学依据。"

穰明德非常重视施工规范和技术标准。他在修筑康藏公路的四年里，一直为此和人发生争论，对某些人发脾气。他曾经十分不满地对我说："二郎山以东的路，没有按照施工规范工作，而是以少数服从多数的方法解决的。"他还对我讲过这样一件事："当时有个剧本叫《架旱桥》，内容的意思是有了工程师反而把路修坏了，而只有战士是万能的。我把工兵纵队的政委批评了一顿。”是的，我也挨过他类似的批评。记得我写过一个歌颂高原驾驶兵的作品，其中写有这样的镜头：半个轮子悬在崖边开了过去。他看过以后，毫不客气地说：“这样的路能让汽车走吗？这哪里是人修的？是狗啃的嘛。你们这些同志就是爱犯片面性，表扬了开车的，却批评了修路的。”这件事，对我教育很大，印象也极深。

1954 年 8 月的一天，在波密的通德——帐篷搭建的康藏公路修建司令部的临时驻地，穰明德政委对我说过：“在康藏公路修筑中存在着四种形态的斗争：内部的，外部的，人为的，自然的。”

是的，要在世界屋脊上修筑公路，与大自然的斗争是最明显不过的了。外部的阻力，主要是来自对祖国采取了非爱国主义态度的藏族上层人物和极端民族主义者。人为的方面，除了呈现在客观条件上的经验不足、资料不足、专家不足、设备不足，则主要指的是表现在工程问题上的矛盾。

他经常与人发生争论的焦点是坚持科学施工。他说“艰苦不等于冒险，光荣不等于蛮干，意志不等于命令和口号，乐观不等于乱喊和麻痹。一定要跳出这些东西的包围，清醒地检查自己。”

试想，这么新的事业、这么大的工程、这么多的人员、这么长的时间，大家在认识、想法、做法上能够完全一样，没有矛盾吗？部队、技工、藏族民工、工程技术人员、苏联专家、领导层，一共六个方面，他们各有各的贡献、各有各的伟大处，但谁也不会完美无缺。

怒江是筑路中的一道天险。岸边的山从水中直插云霄，高达1900米；江水的最深处达29米；流速为8至9秒立方米，最大流量时可达到12秒立方米。那浪涛在峡谷中的轰响，发出震天动地的回声，使人们站在一起讲话都听不清楚。

架设怒江桥的工程由部队和桥工队共同担任。穰明德部长亲自在工地坐镇指挥。我到达怒江东岸又见到他时，他正在风尘仆仆地指挥挖桥基。他依旧穿一身很久没洗的中山装，留着短短的头发，脸面被高原的强紫外线晒得黝黑。他欢迎了我的到来，我跟他在这里度过了一段架设怒江桥的日子。

这期间,他又抽出时间对我谈论修筑康藏公路的许多问题。其中特别深情地谈到各方面的支持："全国各地有许多任务厂为了支持康藏停止了其他工作；有时轮船专运康藏公路用的器材。如果没有全国各地工人的支持，公路是如何修成的就无法解释。藏族人民拿着刀，砍一块石头走一步，是这样给测量队带路的。藏民能越界运输，畜力不足时，又拿出人力背运，这是从来没有过的，如果牦牛运输完不成任务，军队也就完不成任务。"他还肯定"藏族的上层人物给了我们很大帮助"，他又怀着复杂的心情补充说："但他们也发了很大的财。如果他们不愿意发这笔财就坏了。"

又一次本来和穰部长说好了，我在他的吉普车前等他，他办完事后用车把我送到江边去，让我从钢索吊桥上过江。我见他久久不来，就乘机到不远的一座四川人开的帐篷商店里去买酒喝。我的一茶缸子酒还没喝完，就听见穰部长在用汽车喇叭叫我。我赶紧跑过去，他操着湖南口音责问我："你到哪里去了？"我如实回答："喝酒去了。"他再不吭声了，因为他也爱喝酒，不过此刻顾不上。

架设桥板时，他一个人站在桥上，不停地挥动着双手，一寸一尺地指挥着桥板的延伸，他那辛劳的身影、兴奋的表情，摄入了电影的镜头，也永远留在了我和战士们的心中。

1954 年夏天，当公路顺利地修进了波密地区时，一场洪水突然在波密爆发，冲毁了 31.5 公里的已成路基，加上半毁的达 50 公里。爬龙江上的通麦大桥也垮塌了。数十名战士不幸牺牲。

贺龙司令员得知情况以后，特别委派李达副司令员和后勤部余秋里部长来到康藏公路前线，看望和慰问部队。全国公路总局局长潘琪也来到筑路工地。在他们的指导下，修建司令部在五十三师师部所在地嘉龙坝召开了专门会议。

在会上，大家本着总结经验教训、保证年底通车的精神作了讲话。穰部长的讲话要点是："淹没路线的教训原来就有，今年之所以重犯，是总想省一些。这次事情，由领导负责。不处分、少批评都可以，但必须接受经验教训。我们要互相信任，互相团结。重要的是批评与自我批评，要向战士和工人们承认错误，但说明不是有意犯的，而是经验不够。"

会后，穰明德政委又奔走在筑路工地沿线督导，坐镇于艰险地段。在东久的桥头、在鲁浪的帐篷、在风雨的泥泞中、在夜战的火堆旁，我又多次同他一起吃住、一起交谈。他非常支持文人的写作，记得有一次他收到了一叠战士的决心书，立刻走到我的帐篷里来，交给我看。我又就近拿给诗人杨星火、新华社记者林田共赏。

他的挑过无数重担的坚硬骨架、他的被高原紫外线晒黑的面孔，定格在了"庆祝康藏、青藏公路通车典礼"的大会主席台上。

穰明德经历过长征，一生为革命付出了不少牺牲，做出了很大贡献，但他十分谦逊，他在同我的最后一次谈话中，说了这样推心置腹的话："我可以说是革命队伍中的落后分子，但自信不是最落后的。我欢迎你们批评我的思想。但我对保守主义、对向困难低头的人作无情地斗争。如果要我做一生公路工作，我愿意做一辈子；要我干别的，我也马上就去干。我后悔的是没有文化，赶不上工作需要。"

穰明德是湖南省茶陵县秩堂彭家祠人，1912年10月出生。他们彭家祖宗三代都是贫苦农民。由于他的父亲做了穰家的上门女婿，他才改姓了穰。他是一位性格倔强、雷厉风行的实干家。后来成立"康藏公路修建司令部"时，他兼任政治委员。在艰苦卓绝的四年里，在川藏公路全线，"郎部长"无人不知，不知从谁开始把"穰"字不规则地简化成了"稂"字，读音由"让"变成了"郎"，以讹传讹，约定俗成，人们一直就这么叫了。"穰青天"无人不晓。"穰青天"的绰号是怎么来的呢？根据我的了解，是首先从技工大队传出来并且叫响了的。因为他能坚持原则，铁面无私；能关心群众，体恤下情。毫不留情地清除了技工大队中的坏人，为工人伸张了正义。他在一次同我作深夜长谈时曾经说道："对任何人我都决不姑息。对党内的人，我特别严；对我亲近的人，我不能有丝毫的宽。"有一年，他因为他的亲弟弟组织手续不清，竟把弟弟送到公安局蹲了三天。他同妻子远隔两地，他笑着承认："我们夫妇也经常在通信中进行思想交锋。"他不止一次地宣称："对于保守主义者和向困难低头的人，我要作无情地斗争。"

穰明德喜爱文学，特别喜欢小说。他曾经对我说："我是个没有读过书的人。正因为过去没有读过书，所以爱读书。小说，只要买得到，什么都爱看。我的眼睛不好，就是夜间看小说看的。我很希望我们能有像《远离莫斯科的地方》那样的作品。”他不但爱看，而且动笔写。他说：“我爱写，什么都想写，但发表的很少。”的确，多年来，我只见过他的一本科技著作，是他送我做参考的。书名叫《西南公路建设中的若干问题》，由西南交通部出版委员会编印，1952 年出版，扉页上还印有“干部读物　注意保存”的字样。看来，他很懂实干的艺术，而不擅长用艺术表达，怪不得他坦率地说：“参加革命以来，我什么都干过，除了宣传员。”

我在参加修筑川藏公路的全过程中，与穰明德政委的接触很多。除了在新陆海湖边的松林里，他住过设在那里的工程局的木板房子以外，整整四年中不论春夏秋冬他一直住的是工地的帐篷。我还记得，除了去北京汇报工作以外，他没有去内地看过病、休过假、探过亲。他不是铁人，但他有钢铁的意志，更有无私无畏的奉献精神。

他后来担任了湖南省政协副主席。2000 年 5 月病逝，享年 88 岁。

穰部长的几个子女之一的穰玉武是著名的律师，他后来和我取得了联系，在兰州、深圳等地见过面，相谈甚欢。

三十、进入拉萨

旧日的拉萨，到处是对比强烈的画面——我被藏军推倒在八廓街上

1954年11月底，随着川藏公路的全线修通，我终于进入了拉萨。之后，在那里居住了将近四个年头。

那时的拉萨，由于“十七条协议”第四条规定“对于西藏的现行政治制度，中央不予变更。达赖喇嘛的固有地位及职权，中央亦不予变更。各级官员照常供职。”所以，其政治制度、社会面貌、民俗民风、街市情景等等一切都保持着原样。我看到的就是解放以前那个原样的西藏和拉萨。印象之深，可以说刻骨铭心。我在拉萨住了四年，走遍了拉萨的东西南北、大街小巷。老照片早已失落于政治运动中，而印在我脑海里的种种景象却永远不会丢失。尤其那些形成强烈对比的画面，简直是人间的奇观，形象地反映出旧西藏的社会本质。

依着山势修筑在布达山上的13层的宫殿，红宫白宫的高墙，是那样庄严雄伟，金碧辉煌的金顶在蔚蓝天空的强烈阳光的照射下，与大昭寺的金顶交相辉映。一座座贵族的深宅大院的高大石楼占据着拉萨最好的位置，雕梁画栋的门窗里时时飘出从飞利浦直流收音机里播出的印度音乐。而在它们的下面，

在许多狭窄的角落里，则搭建着无数破烂不堪的小帐篷，里面居住着贫民、乞丐、流浪者、残疾人，成群的苍蝇和争食的野狗是他们日夜的伴侣。蓬首垢面、衣不遮体的男女，每天聚集到琉璃桥来，坐在行人必经之路的两边，不停地拍着双手，嘴里念着“本布拉，古几古几！”（长官您，可怜可怜吧！）

不时有身着锦缎官服的西藏地方政府官员，骑着高头大马走过。马们虽然都佩上五颜六色的饰品，但粪便是可以随地喷洒的。经常有青年贵族穿着华丽的盛装，骑着摩托车招摇过市，他们的仆人则身背暖水壶骑着自行车紧跟在后面，满头大汗拼命地蹬车。车马过处，正如每天午后两点钟必起的阵风，尘土飞扬，经久不落。因为那时拉萨的街面全是土路。

一阵阵寺院里不断飘出的酥油香气，为敬佛燃烧松枝散发的香味，印度、尼泊尔商店里的印度香的烟味，和一阵阵由于日晒而发出的屎尿的臭味，时常交替袭来，或混合一起。这是人们随地大小便造成的。因为那时的拉萨没有一个公共厕所。

严寒的冬季，藏历年过后，要在大昭寺北门前的广场上举行传统的传诏大法会，由达赖喇嘛或者其他高僧前来讲经，这项重大的宗教活动要持续半个月。这期间，大昭寺前人山人海，拉萨市区到处是身穿红色袈裟的人。据说当时拉萨有五万人口，一半是喇嘛。中共西藏工委和西藏军区等单位都要给他们发放布施，主要是银圆和茶叶，我就参加过这项工作。广场靠寺墙的地方安放着一口大得惊人的铁锅，这时要用它来给穷苦人舍粥。饥寒交迫的人们拥挤在那里，为了讨得一碗糌粑稀粥，经常要挨维持秩序的铁棒喇嘛的棍子，挨着“帕求”（滚开）的斥骂。

夏季，贵族们在各个林卡（园林）里支起漂亮的帐篷，一边跳舞，一边喝着酥油茶、青稞酒，吃着大块的牛羊肉。他们啃上几口就扬手往地上一丢，一群骨瘦如柴的儿童，早就眼巴巴地等候在旁边，立刻跑过来抢在手里，如狼似虎地啃着骨头上剩下的残肉。

一直到民主改革进行以前，根据“十七条协议”的规定，对于藏军并未进行改编，他们保留着原来的建制和全部的武器，同时保留着维护贵族利益的思想。有一天，我骑着自行车从八廓街经过，一队藏军列队走来，其中的一个忽然冲出队伍，一把将我连人带车推倒在地。我只好站起来拍拍尘土，悄然离去。因为当时领导上宣布的纪律不但是“不打第一枪”，而且要做到“打不还手，骂不还口”。只好任他们在街上胡作非为。

事情过去若干年了，那些情景也已一去不返，有的甚至无迹可寻了。但它留给我的印象是深刻的。一种落后的制度，一个贫富、贵贱、美丑反差太大的社会，必然是不和谐、不稳定、不人道的。

三十一、我的西藏情结

不枯竭的灵感，无休止的激情——我又曾三次回到西藏——假如能回到青壮年时期，我还要去享受西藏

在西藏，我徒步在雪山冰河间跋涉过6000里，开垦过甘孜的万古荒原，修筑过川藏公路，修建过当雄机场；在波密森林，在中印边界，在藏民家，在帐篷里，风雪中滴下了我滚热的血汗，前后藏刻下了我深沉的脚印。

在西藏，我汲取了不枯竭的灵感、无休止的激情。

我和西藏结下了不解情缘，我自愿举手进去，被迫垂泪出来。后来，我出版了长篇传记小说《仓央嘉措》，这位第六世达赖喇嘛，西藏的优秀诗人，也是在二十几岁的时候被溺于政治斗争的漩涡，也是被武装押送出西藏的，也是走的这条道路。每当我应邀和读者座谈这部小说的创作情况时，一讲到此处，就忍不住哽咽流泪，强忍悲痛，中断发言。

我本可以在西藏工作终生，但不幸中断，而年龄和时光又如覆盆之水，无法收回也不能返回了，我只有默默地想念西藏、深深地感谢西藏。

离开西藏以后，我又曾回去三次，累计在各地参观、居住达五个多月。我还多次去青海和甘南,重温和藏族人民的亲情。

有人问我：假如你能回到青壮年时期，假如能从头开始，最想干的是什么？我会毫不犹豫地决定：回西藏去！我不自信能去干一番惊天动地的事业,我回去是为了三分奉献、七分享受。

我将贪得无厌地享受那壮丽无比的山川。连绵不断的雪山直插入深蓝色的天空，反射着特别亮、特别低的太阳的光芒。不含一粒灰尘的长风，把草原的花香给你送个满怀，是一种气体的青稞酒。星罗棋布的湖面上，横断山中的河流上，飘落着雄鹰和白云的影子。在牛羊蠕动处，经幡响动处，时不时传出嘹亮而悠远的山歌。

我将一次又一次地享受那古老文明对心灵的浸润，重访那一座座金碧辉煌、庄严肃穆、油灯摇曳、松烟缭绕的藏传佛教的寺院。我将不再满足于会说一点藏话，我要从头努力学习藏文，从而能够读懂那里的浩如烟海的佛教经典和学术著作，去了解先哲们对于宇宙和人生的解释。

我将享受因重温故地而丛生的感慨，享受看到崭新面貌时的惊喜。旧友虽然大多已经不在了，但新知一定不会少。由于我已不是军人，可以有更多的时间和机会走向民间，去享受藏族人民的菩萨般的善良和诗人般的温情，他们的豪爽和诚实同我们山东人的性格极为相似，这也是我把西藏视为第二故乡的一个原因。

我常想：青春有幸献西藏，无愧无悔梦也香。

1999年10月4日完成第一稿

2013年9月15日完成第二稿